DÉRAPAGES TEMPORELS

Collection **Vintage Fiction**
(RDN Books)
dirigée par Richard D. Nolane
Contact : vintagefiction@outlook.fr

Titres déjà parus :

***Un rat dans le crâne*, nouvelles par Rog Phillips
(SF)
L'Oeil de Balamok, roman par Victor Rousseau
(SF/Aventures fantastiques)**

« Le gratte-ciel fugitif » par Murray Leinster, titre original : « The Runaway Skyscraper ».
Paru originellement aux USA dans le numéro du 22 février 1919 d'*Argosy and Railroad Man's Magazine*.
Traduit par Martine Blond.
Public Domain in the US.

« Le démon de la Mer Océane » par Philip M. Fisher Jr, titre original : « The Devil of the Western Sea ».
Paru originellement aux USA dans le numéro du 5 août 1922 d'*Argosy All-Story Weekly*. Traduit par Martine Blond & Richard D. Nolane.
Public Domain in the US.

Traductions © les traducteurs, et textes de présentation © Richard D. Nolane.

MURRAY LEINSTER
PHILIP M. FISHER, Jr

DÉRAPAGES TEMPORELS

Nouvelles réunies et présentées par
RICHARD D. NOLANE

Traductions de Martine Blond et Richard D. Nolane

L'OEIL DU SPHINX / RDN BOOKS

© 2020 OEIL DU SPHINX & RICHARD D. NOLANE

© 2020 OEIL DU SPHINX & RICHARD D. NOLANE
Collection RDN Books n°4
ISSN de la collection : En cours
Dépôt Légal : Avril 2020
ISBN : 978-2-38014-023-1
EAN : 9782380140231

Illustration : Pixabay
Mise en page : Sabrina Pamies

PRÉFACE

En SF, le voyage dans le temps s'envisage en général de deux manières : soit il est le fruit d'une action volontaire à l'aide d'une machine ou d'une technologie, soit il est la conséquence d'un événement imprévisible, souvent inexplicable ou bien expliqué de façon quelque peu nébuleuse.

Les Anglo-saxons ont baptisé ces déplacements non programmés *Timeslips*, littéralement « glissements temporels ».

Un des exemples les plus anciens est *Un Yankee à la cour du roi Arthur* de Mark Twain (*A Connecticut Yankee in King Arthur's Court*, USA,1889) dans lequel le héros est propulsé dans le passé suite à… un mauvais coup sur la tête ! Dans un registre plus spectaculaire, c'est une étrange tempête qui dans le film *Nimitz*, dirigé par Don Taylor et avec Kirk Douglas (*The Final Countdown*, USA, 1980), propulse le Nimitz, un grand porte-avion bien réel de l'US Navy, au large de Hawaï juste avant l'attaque de Pearl Harbor par les Japonais en décembre 1941.

Une variation sur le thème, moins utilisée mais aux effets garantis, est la soudaine juxtaposition géographiques de zones temporelles différentes, comme dans *Le premier octobre, il sera trop tard* de Fred Hoyle (*October the First is Too Late*, UK, 1966) ou encore *Darwinia* de Robert Charles Wilson (*Darwinia*, USA, 1998).

De nos jours, la technique du glissement temporel est aussi souvent utilisée par la Fantasy, séduite par son côté « pratique » car ne nécessitant pas ou très peu d'explications, et relevant alors du Fantastique.

Les deux longues nouvelles américaines présentées dans *Dérapages temporels* appartiennent à la SF du temps où celle-ci s'appelait Scientific Romance, c'est à dire avant la naissance d'*Amazing Stories*, le premier « pulp » spécialisé créé aux USA par Hugo Gernsback en 1926.

« Le gratte-ciel fugitif » de Murray Leinster (1896-1975), revêt une importance particulière car elle marque en 1919 l'entrée de l'auteur dans la SF, un genre qu'il illustrera avec succès, dans un registre classique, jusqu'au début des années 1970. Cette histoire agréable à lire illustre parfaitement ce côté nébuleux que peuvent prendre les « explications » des glissements temporels puisque le Temps y est présenté littéralement comme une dimension « solide », ce qui va donc avoir une conséquence inattendue…

Dans « Le démon de la Mer Océane », aventure maritime publiée en 1922, Philip M. Fisher, Jr (1891-1973), que j'ai fait découvrir dans la revue *Wendigo)*, paraît à première vue proposer une solution plus « rationnelle » à la plongée dans le passé d'un destroyer de l'US Navy en jouant sur les mystères entourant encore la radio à l'époque dans l'esprit des gens. Mais ceci n'est en fin de compte qu'une illusion scénaristique au service d'une bonne histoire jouant astucieusement sur le thème des traces que peut laisser un voyage temporel.

Détail amusant, les amateurs de paranormal ne pourront s'empêcher de lui trouver un petit air de parenté avec la fameuse et prétendue affaire dite de « L'Expérience Philadelphie », popularisée par plusieurs livres et films et supposée avoir eu lieu en... 1943.

Richard D. Nolane

LE GRATTE-CIEL FUGITIF
par
Murray Leinster

Murray Leinster est le pseudonyme le plus connu de l'Américain William Fitzgerald Jenkins (1896-1975) qui, s'il a abordé tous les genres avec succès au cours d'une carrière longue de plus d'un demi-siècle, restera avant tout pour sa contribution à la SF.

Murray Leinster avait à peine vingt ans quand il publia sa première histoire. C'est moins de trois ans plus tard, en février 1919, qu'il fit ses débuts en SF avec « Le gratte-ciel fugitif », une histoire jusqu'à aujourd'hui inédite en français, mais qui sera ensuite rééditée à plusieurs reprises. En cette même année 1919, il participera activement au premier pulp spécialisé dans le « bizarre », The Thrill Book. Par la suite, Murray Leinster deviendra un habitué des revues de SF, mais il lui faudra attendre la fin de la Deuxième Guerre Mondiale pour acquérir une solide notoriété dans le genre, qu'un Prix Hugo, catégorie longue nouvelle, pour « Exploration Team » viendra couronner en 1956.

Cette notoriété repose essentiellement sur toute une série d'excellentes nouvelles, souvent parues dans l'Astounding de John W. Campbell Jr, véritable creuset de la SF anglo-saxonne moderne.

Les nombreux romans que Murray Leinster publiera parallèlement jusqu'à la fin de sa carrière, où le bon côtoie quelque fois le bien moins bon, conforteront l'image générale d'un auteur doué pour les histoires d'aventure et de space opera, mais sachant à l'occasion faire preuve d'originalité et d'inventivité, au point de voir quelques unes de ces nouvelles inscrites définitivement parmi les « classiques » de la SF, comme « Premier Contact ».

Il sera également à l'origine de la série TV Time Tunnel (1966-67), diffusée en France sous le titre de Au cœur du Temps.

En France, Murray Leinster eut, son le nom de Will Jenkins, le privilège d'inaugurer en 1951 la fameuse collection « Le Rayon Fantastique » avec son roman Assassinat des États-Unis, *histoire typique de la Guerre froide mais avec un traitement presque « policier » en vase clos assez original.*

Par la suite, un certain nombre de ses nouvelles et romans seront traduits en français jusqu'au milieu des années 1960 avant que son nom n'apparaisse plus qu'au sein des sommaires de certains des volumes de La Grande Anthologie de la Science Fiction, *plusieurs fois réédités depuis les années 1970 et 1980 par Le Livre de Poche. Ce qui est aussi une forme de consécration... À noter aussi que son roman* La planète oubliée, *un de ses meilleurs, a connu quatre éditions françaises entre 1960 et 1992.*

« Le gratte-ciel fugitif », qui fête donc ses 100 bougies, est la première traduction de Murray Leinster en français depuis 36 ans. Il devrait y en avoir d'autres...

I

Tout commença lorsque l'horloge de la Metropolitan Tower se mit à tourner à l'envers. Ce qui ne se fit pas en douceur. Les aiguilles avançaient à leur calme rythme coutumier, lentement, tranquillement, quand soudain les occupants des bureaux proches du cadran de l'horloge entendirent de sinistres craquements et gémissements. Un léger frisson, à peine perceptible, parcourut la tour, puis quelque chose céda avec fracas. Et les grandes aiguilles de l'horloge se mirent à tourner à reculons.

Juste après le fracas, craquements et gémissements cessèrent, remplacés par le calme habituel. Un ou deux occupants des bureaux supérieurs sortirent la tête dans les couloirs, mais les ascenseurs fonctionnaient comme d'habitude, les lumières étaient allumées, et tout semblait calme et paisible.

Les secrétaires et les sténographes retournèrent à leurs registres et machines à écrire, les visiteurs commerciaux reprirent les discussions autour de leurs problèmes, et les affaires retrouvèrent leurs cours habituel.

Arthur Chamberlain dictait une lettre à Estelle Woodward, sa sténographe. Lorsque le fracas se fit entendre, il s'arrêta, tendit l'oreille, puis reprit sa tâche.

Celle-ci n'était pas difficile. Parler à Estelle Woodward n'avait jamais rien d'un devoir pénible, mais force était d'avouer qu'Arthur Chamberlain avait du mal à restreindre sa conversation aux affaires.

Il était pour l'instant occupé à dicter une lettre à son principal créancier, la Compagnie Gary & Milton, expliquant que leur demande d'un paiement immédiat de l'acompte déjà dû pour son mobilier de bureau était prématurée et injuste. Un jeune et prometteur ingénieur à New York n'a jamais trop d'argent, et quand il est aussi jeune qu'Arthur Chamberlain, aussi friand d'agréable compagnie, et guère porté sur les économies, il risque de trouver prématurées toutes les demandes de paiement et, en général, les considère parfaitement injustes. Arthur acheva de dicter la lettre et soupira.

– Miss Woodward, dit-il d'un ton de regret, je crains bien de ne jamais réussir dans les affaires...

Estelle Woodward secoua vaguement la tête. Elle ne parut pas prendre sa remarque trop au pied de la lettre, car elle avait appris à ne jamais prendre au sérieux les commentaires d'Arthur. Au début, elle avait été déroutée par sa manière de tout traiter avec un pessimisme teinté d'humour, mais à présent, elle n'y prêtait plus attention.

Elle s'intéressait à ses problèmes personnels. Elle s'était soudain mis en tête qu'elle était en passe de devenir vieille fille, et cela la tracassait. Elle avait découvert que personne ne lui plaisait assez pour se marier, alors qu'elle était déjà dans sa vingt-deuxième année.

Elle n'était pas native de New York, et les rares jeunes gens qu'elle y avait rencontrés ne lui avaient pas plu. Elle en avait conclu à regret qu'elle était trop exigeante, trop délicate, tout

Dessin non crédité
(in Amazing Stories, juin 1926)

en semblant incapable de s'en empêcher. Elle ne parvenait pas à comprendre leur passion pour la boxe et le base-ball, et n'aimait pas leur façon de danser.

Réfléchissant à la question, elle avait décidé qu'elle allait devoir réviser son ancienne opinion sur les femmes qui ne se mariaient pas. Jusque là, elle avait cru que c'était elles qui étaient à l'origine de leur problème. À présent, elle pensait qu'elle s'apprêtait à rejoindre leur camp, et sans doute pour la même raison. Elle ne pouvait pas tomber amoureuse, même si elle le voulait.

Elle lisait toutes sortes de romans populaires et frissonnait aux scènes d'amour qu'ils contenaient, mais lorsqu'un des jeunes gens qu'elle connaissait devenait un minimum sentimental, elle n'éprouvait plus qu'ennui, tout en s'en voulant de s'ennuyer. Mais elle n'y pouvait rien et s'efforçait désormais de se faire à l'idée d'une vie dépourvue de toute romance.

Elle était trop jolie pour ça, bien sûr ! Arthur Chamberlain aurait aimé souvent lui dire à quel point elle était jolie, mais Estelle affichait un air éternellement distant qui l'intimidait.

Il s'adossa à son fauteuil pivotant et réfléchit, la regardant avec un plaisir sincère. Elle ne s'en aperçut pas, car elle était si absorbée dans ses pensées qu'elle remarquait rarement ce qu'il disait ou faisait dès que cela sortait du cadre professionnel.

– Miss Woodward, répéta-t-il. J'ai dit que je ne réussirai jamais dans les affaires. Savez-vous ce que cela signifie ?

Elle le regarda sans un mot, une interrogation

polie dans les yeux.

– Ça veut dire, fit-il d'un ton grave, que je vais faire faillite. À moins que quelque chose se présente dans les trois prochaines semaines, dans un mois au plus, je devrais trouver un travail.

– Ce qui signifie… ? s'enquit-elle.

– Que tout ceci ira à la ruine, expliqua-t-il avec un geste ample. J'ai pensé que je ferais mieux de vous prévenir aussi à l'avance que possible.

– Vous voulez dire que vous allez vous séparer de votre bureau… et de moi ? demanda-t-elle, un peu inquiète.

– Me séparer de vous sera le plus difficile des deux, dit-il avec un petit sourire. Mais c'est bien cela. Vous n'aurez aucun mal à trouver un nouvel emploi, avec trois semaines de préavis, mais je suis désolé.

– Je suis désolée aussi, Mr. Chamberlain, fit-elle, plissant le front.

Elle n'avait pas vraiment peur, car elle savait qu'elle pourrait retrouver un autre poste sans difficulté. Mais elle ressentit un peu plus de regret qu'on ne l'aurait escompté.

Il y eut un moment de silence.

– Mince ! s'écria soudain Arthur. Il fait plutôt noir, non ?

Il commençait en effet à faire sombre, et ce, avec une rapidité insolite. Arthur se rendit à la fenêtre et regarda dehors.

– Bizarre… observa-t-il au bout d'un instant. On dirait que ça n'a pas l'air normal, en bas. Il y a très peu de gens dans le coin.

Il regardait, avec une stupeur croissante. Les lumières s'allumaient dans les rues en contrebas, mais aucun des immeubles ne s'éclaira. Il faisait de plus en plus sombre.

– Il ne devrait pas faire nuit à cette heure ! s'exclama Arthur.

Estelle se rendit à la fenêtre, près de lui.

– Ça semble drôlement bizarre, reconnut-elle. Ce doit être une éclipse ou un truc du genre.

Ils entendirent des portes s'ouvrir dans le couloir et Arthur sortit en vitesse du bureau. Les couloirs commençaient à se remplir de gens excités.

– Que diable se passe-t-il ? demanda une sténographe inquiète.

– Sans doute une éclipse, répondit Arthur. Mais c'est étrange qu'on n'en ait pas parlé dans les journaux...

Il parcourut le couloir d'un regard. Personne d'autre ne semblait mieux informé que lui, et il rentra dans son bureau.

Estelle se détourna de la fenêtre lorsqu'il réapparut.

– Les rues sont désertes ! dit-elle d'un ton perplexe. De quoi s'agit-il ? Avez-vous appris quelque chose ?

Arthur secoua la tête et tendit la main vers le téléphone.

– Je vais appeler pour en savoir plus, fit-il d'un ton confiant. Il porta le combiné à son oreille. Qu'est-ce... ? s'exclama-t-il. Écoutez ça !

Une sorte de faible grondement montait du combiné. Arthur raccrocha et tourna un visage perplexe vers Estelle.

– Regardez ! dit-elle soudain en désignant la fenêtre.

Toute la ville était à présent éclairée, et ce qu'ils pouvaient voir comme enseignes brillaient de tous leurs feux. Ils observèrent la scène en silence. Les rues semblèrent à nouveau emplies de véhicules. Ils filaient, leurs phares éclairant brillamment la chaussée. Il y avait pourtant quelque chose d'étrange dans leur déplacement. Arthur et Estelle considérèrent cela avec une stupeur et une perplexité croissante.

– Est-ce que... Est-ce que vous voyez ce que je vois ? demanda Estelle, le souffle court. Les voitures vont à reculons !

Arthur regarda et se laissa tomber sur une chaise.

– Oh, Seigneur... ! s'exclama-t-il doucement.

II

Il fut alerté par une autre exclamation d'Estelle.

– Hé ! Il fait de nouveau jour… ! dit-elle.

Arthur se leva et se précipita vers la fenêtre. L'obscurité se faisait effectivement moins impénétrable, mais d'une manière guère explicable.

Tout à l'ouest, au-delà des collines de Jersey —facilement visibles de la hauteur où se trouvait le bureau d'Arthur— une faible lumière naquit dans le ciel, s'intensifia puis prit une nuance rougeâtre. Celle-ci se fit à son tour plus dense et enfin le soleil apparut, se levant insouciamment... à l'ouest.

Arthur eut un hoquet. En contrebas, les rues continuaient à fourmiller de gens et d'automobiles. Le soleil se déplaçait à une vitesse extraordinaire. Il monta au zénith et comme par magie les rues s'emplirent de gens. Chacun semblait courir à toute vitesse. Les rares attelages qu'ils voyaient couraient à se rompre le cou... à reculons ! Malgré cette situation pour le moins renversante, il ne semblait y avoir aucun accident à déplorer.

Arthur porta les mains à sa tête.

– Miss Woodward, dit-il d'un ton pathétique. Je crains d'être devenu fou. Voyez-vous les mêmes choses que moi ?

Estelle hocha la tête, les yeux écarquillés.

– Qu'est-ce qui se passe ? demanda-t-elle, médusée.

Elle se retourna vers la fenêtre. La place était à nouveau presque vide. Les automobiles parcourant toujours les rues allaient si vite qu'elles étaient à peine visibles. Leur vitesse semblait s'accroître régulièrement. Bientôt il fut impossible de les distinguer, et seul un flou grisâtre marquait leurs trajectoires sur la Cinquième Avenue et la Vingt-Troisième Rue.

Survint le crépuscule, puis rapidement, la nuit. Comme leur bureau se trouvait du côté occidental de l'immeuble ils ne purent voir que le soleil s'était couché à l'est, mais ils se doutèrent bien que cela devait être le cas.

En silence, ils contemplèrent le panorama qui sombrait dans le noir, hormis les lampadaires, restait un moment ainsi, puis s'animait soudain à nouveau sous une lumière brillante.

Cela ne dura qu'un bref moment, et une fois de plus l'ouest se mit à rougeoyer. Le soleil se leva un peu plus hâtivement au-dessus des collines de Jersey et se mit à monter dans le ciel. Mais peu de temps après, les ténèbres s'abattirent encore. En un rien de temps, la ville s'éclaira, puis l'ouest rougeoya une fois de plus, et...

– Apparemment, dit Arthur, avec un effort pour affermir sa voix, il y a eu un cataclysme quelque part, le sens de rotation de la terre a été inversé, et sa vitesse démesurément accrue. Il semble qu'une rotation ne prend à présent pas plus de cinq minutes à peine.

Tandis qu'il parlait, la nuit tomba pour la troisième fois.

Estelle se détourna de la fenêtre, le visage livide.

– Que va-t-il arriver ? s'écria-t-elle.

– Je l'ignore, répondit Arthur. À en croire les scientifiques, si la Terre se mettait à tourner assez vite, la force centrifuge nous projetterait tous dans l'espace. Peut-être est-ce là ce qui nous guette, qui sait ?

Estelle se laissa tomber sur une chaise et le dévisagea, atterrée. Une explosion soudaine se produisit alors derrière eux. Estelle sursauta, se leva d'un bond et se retourna. Une pendulette dorée posée près de sa machine à écrire était en pièces. Arthur se hâta de consulter sa montre.

– Mille tonnerres ! s'écria-t-il. Regardez ça !

Sa montre tremblait et vibrait dans sa main. Les

aiguilles tournaient si vite qu'il était impossible de suivre l'aiguille des minutes, et l'aiguille des heures, elle, filait comme le vent.

Sous leurs yeux, elle accomplit deux révolutions entières. Pendant la première, la splendeur du jour avait crû, décliné et disparu. Pendant l'autre, l'obscurité régna, à part la luminescence de l'éclairage électrique.

Il y eut une soudaine tension et une rupture dans la montre. Arthur la lâcha aussitôt. Elle vola en morceaux avant d'atteindre le sol.

– Si vous avez une montre, ordonna rapidement Arthur, stoppez-la immédiatement !

Estelle tritura son poignet. Arthur lui arracha la montre des mains et ouvrit le boîtier. À l'intérieur, le mécanisme allait si vite qu'il était à peine visible. Sans remords, Arthur planta un porte-plume dans les rouages. Il y eut un cliquetis sec, et la montre s'arrêta net.

Arthur courut à la fenêtre. Lorsqu'il l'atteignit, le soleil jaillit dans le ciel, le jour dura un instant, il y eut l'obscurité, puis le soleil réapparut.

– Miss Woodward ! lança soudain Arthur. Le sol, là !

Estelle baissa les yeux. À l'apparition suivante du soleil, elle eut un hoquet.

Le sol était blanc de neige !

– Qu'est-il arrivé ? demanda-t-elle, terrifiée. Oh, seigneur, *qu'est-il arrivé ?!*

Arthur triturait machinalement son menton, observant le stupéfiant panorama au dehors. Il n'y avait à présent presque plus de distinction entre les périodes où le soleil était levé et celles où il était couché, car obscurité et lumière se succédaient si rapidement que l'effet ressemblait à un de ces anciens films aux images instables.

Un effet qui s'amplifia encore sous les yeux d'Arthur. Le grand immeuble d'en face sur la Cinquième Avenue commença à se désintégrer. En un instant, sembla-t-il, il n'en subsista qu'un squelette métallique. Puis celui-ci disparut, étage par étage. Une grande cavité se forma dans le sol, puis un autre bâtiment fit son apparition, une construction banale, plus petite, en pierre brune.

Les yeux écarquillés, Arthur contempla la ville. Un clignotement mis à part, il pouvait à présent voir presque clairement.

Il ne voyait plus le soleil se lever et se coucher... Il y avait simplement une traînée de lumière désagréablement brillante dans le ciel. Peu à peu, un immeuble après l'autre, la ville commença à se désintégrer, remplacée par des constructions plus petites, moins reluisantes. Peu après, celles-ci aussi commencèrent à disparaître à leur tour, laissant des vides là où elles s'évaporaient.

Arthur concentra son regard sur le lointain. Il vit une forêt de mâts et de vergues longeant le front de mer un moment, et lorsqu'il reporta ses yeux sur le paysage proche de lui, il le découvrit presque dénué de maisons, et le peu que l'on voyait se résumait à de petites résidences modestes, apparemment nichées au cœur de fermes et de plantations.

– Oh, Mr. Chamberlain ! s'écria-t-elle avec comme un sanglot dans la voix. Que se passe-t-il ? Qu'est-il arrivé ?

Arthur avait oublié sa peur sur ce que le sort leur réservait, tant il était captivé par ce qu'il voyait. Il regardait par la fenêtre, yeux écarquillés, perdu face au spectacle qui s'offrait à lui. Au cri d'Estelle, cependant, il s'éloigna à contrecœur de la fenêtre et lui tapota maladroitement l'épaule.

– J'ignore comment l'expliquer, dit-il, mal à l'aise. Mais il est évident que ma première hypothèse était totalement fausse. La vitesse de rotation de la terre n'a pu s'accroître, car si elle l'avait fait dans les proportions que nous voyons, nous aurions été projetés dans l'espace depuis longtemps. Mais... hum, auriez-vous lu quelque chose concernant la Quatrième Dimension ?

Estelle secoua la tête, désemparée.

– N'avez-vous jamais lu l'œuvre de Wells ? *La machine à voyager dans le temps* ?

À nouveau, elle secoua la tête.

– J'ignore comment le dire pour que vous compreniez, mais le temps est tout autant une dimension que la longueur et la largeur. Pour ce que je peux en juger, je dirais qu'il y a eu un tremblement de terre, et le sol s'est un peu affaissé, avec notre immeuble au-dessus. Mais au lieu de s'affaisser vers le centre de la terre, ou sur le côté, il s'est affaissé dans cette quatrième dimension...

– Mais qu'est-ce que cela signifie ? demanda Estelle, médusée.

– Si la terre s'était affaissée verticalement, nous

aurions été plus bas. Si elle l'avait fait sur un côté, nous aurions été déplacés dans un sens ou un autre, mais elle s'est affaissée dans la Quatrième Dimension et... nous remontons le temps !

– Alors...

– Nous sommes dans un gratte-ciel fugitif, en route vers une époque précédant la découverte de l'Amérique !

III

Le silence régnait dans le bureau. Hormis le clignotement au dehors, tout semblait comme à l'ordinaire. L'éclairage électrique brillait normalement, mais Estelle sanglotait de peur et Arthur tentait en vain de la consoler.

– Suis-je devenue folle ? demanda-t-elle entre deux sanglots.

– Non, sauf si je suis moi aussi devenu fou, répondit Arthur d'une voix douce.

L'excitation avait un effet fort apaisant sur lui. Il avait cessé d'avoir peur, mais attendait simplement de voir ce qui était en train d'arriver.

– Nous sommes revenus à présent avant la fondation de New York et notre course continue.

– Vous en êtes sûr ?

– Si vous regardez dehors, suggéra-t-il, vous verrez les saisons se succéder en ordre inversé. Un instant, la neige couvre tout le sol, puis vous avez un aperçu du feuillage d'automne, et l'été suit, puis le printemps.

Estelle risqua un regard par la fenêtre et se couvrit les yeux.

– Pas une maison ! dit-elle avec désespoir. Pas un bâtiment ! Rien, rien, rien !

Arthur passa un bras autour de sa taille et tapota le sien pour la réconforter.

– Tout va bien, lui assura-t-il. Nous finirons bien par arriver quelque part. Il n'y a rien à craindre.

Estelle posa la tête sur son épaule et continua un moment à sangloter de désespoir, mais elle finit par se calmer. Puis, soudain, s'apercevant qu'Arthur avait un bras autour d'elle et qu'elle pleurait sur son épaule, elle se redressa d'un bond, les joues empourprées.

Arthur se dirigea vers la fenêtre.

– Regardez ça ! s'exclama-t-il, mais il était déjà trop tard. Je jurerais avoir vu le Half-Moon, le navire d'Hudson ! déclara-t-il d'une voix excitée. Nous avons déjà bien reculé dans le passé, et ça ne semble pas vouloir ralentir...

La jeune femme le rejoignit à la fenêtre. La scène mouvante qui s'offrit à elle la fit hoqueter. Il n'était désormais plus possible de distinguer la nuit du jour.

Une traînée oscillante, qui allait d'abord à droite puis à gauche, indiquait où le soleil filait dans le ciel.

– Qu'est-ce qui fait bouger ainsi le soleil ? demanda-t-elle.

– Il se déplace au nord et au sud de l'équateur,

expliqua Arthur d'une voix tranquille. Lorsqu'il est le plus au sud —à gauche— il y a toujours de la neige au sol. Lorsqu'il est le plus à droite, c'est l'été. Voyez comme c'est vert !

Quelques instants d'observation confirmèrent ses paroles.

- Je dirais, observa Arthur d'un ton méditatif, qu'il faut au soleil dans les quinze secondes pour faire un aller-retour entre les extrémités nord et sud. Il tâta son pouls. Connaissez-vous le rythme cardiaque normal ? Nous pouvons estimer le temps ainsi. Une horloge volerait en éclats, bien sûr.

- Pourquoi votre montre a-t-elle explosé... et la pendule aussi ?

- Avancer dans le temps desserre un mouvement d'horlogerie, n'est-ce pas ? demanda Arthur. Il s'ensuit, bien sûr, que si on remonte le temps, il se resserre. Lorsque vous remontez trop, vous serrez à tel point que le ressort se brise.

Il se tut un moment, les doigts tâtant son pouls.

- Bon, il faut dans les quinze secondes pour voir défiler les quatre saisons. Cela signifie que nous remontons le temps d'environ quatre ans à la minute. Si nous continuons à ce rythme pendant une heure encore, nous serons revenus à l'époque des Vikings, et, au moins, on pourra dire s'ils ont bien découvert l'Amérique ou pas...

- Bizarre que nous n'entendions aucun bruit, observa Estelle, un peu gagnée par le calme d'Arthur.

– Il est si rapide que, même si nos oreilles le perçoivent, nous ne parvenons pas à séparer les sons les uns des autres. Si vous faites attention, vous entendrez une sorte de bourdonnement. Mais très aigu.

Estelle tendit l'oreille, en vain.

– Peu importe, dit Arthur. Cet aigu est sans doute au-delà de votre perception auditive. Bien des gens ne peuvent entendre une chauve-souris crier.

– Je n'ai jamais pu y arriver, dit Estelle. À la campagne, dont je viens, certains pouvaient les entendre, mais pas moi.

Ils restèrent un moment à regarder en silence ce qui se déroulait à l'extérieur.

– Quand allons-nous enfin nous arrêter ? demanda Estelle, mal à l'aise. On dirait que nous allons continuer indéfiniment...

– J'imagine que nous finirons par faire halte, la rassura Arthur. Il est évident que, quoi qu'il soit arrivé, cela n'a affecté que notre immeuble, sinon nous en verrions d'autres emportés avec nous. On dirait qu'il s'est produit une faiblesse ou une faille dans la roche sur laquelle reposait la tour. Et elle ne peut céder que dans une certaine limite.

Estelle garda un moment le silence.

– J'ai dû perdre la boule ! S'écria-t-elle soudain. C'est impossible !

– Non, vous n'êtes pas folle, fit sèchement Arthur. Vous êtes aussi saine d'esprit que moi. Il arrive juste quelque chose même bizarre. Reprenez courage ! Récitez vos tables de multiplications.

Dites tout ce que vous savez. Dites quelques paroles sensées et vous saurez que vous allez bien. Mais n'ayez pas peur maintenant. Il y aura bien des raisons d'avoir peur plus tard, n'en doutez pas...

Son ton sévère alarma Estelle.

– Que craignez-vous donc de plus ? s'empressa-t-elle de demander.

– Il sera bien temps de s'inquiéter quand ça se produira, se contenta de rétorquer Arthur.

– Vous... vous n'avez pas peur que nous remontions avant le commencement du monde, n'est-ce pas ? s'enquit Estelle, soudain saisie d'effroi.

Arthur secoua la tête.

– Allez, dites-le moi... fit Estelle, plus calme, se ressaisissant. Ça ne me fera rien. Mais, je vous en prie, dites-le moi.

Arthur lui lança un regard. Elle avait un visage pâle, mais qui arborait tout à coup plus de résolution qu'il n'aurait pensé y trouver.

– D'accord, dit-il à contrecœur. Nous remontons toujours plus vite, et la faille semble donc plus profonde que je le pensais. À vue de nez, nous sommes à présent plus de mille ans avant la découverte de l'Amérique, et même plus près de trois ou quatre mille... Et nous prenons constamment de la vitesse. Aussi, même si j'ai la certitude que notre chute finira par s'arrêter, je ne sais pas où et quand ça se produira. C'est comme une crevasse ouverte par un séisme, qui pourrait être profonde de quelques mètres seulement, ou de centaines de mètres peut-être, ou même d'un kilomètre ou deux. Nous avons commencé en douceur. Nous continuons à une vitesse terrible. Que se passera-t-il quand nous ferons enfin halte ?

Estelle retint son souffle.

– Oui ? demanda-t-elle calmement.

– Je l'ignore, fit Arthur d'un ton irrité, pour cacher son inquiétude. Comment pourrais-je le savoir ?

Estelle se détourna de lui pour regarder à nouveau par la fenêtre.

– Regardez ! dit-elle, pointant le doigt.

Le clignotement avait repris. Sous leurs yeux, tandis que l'espoir renaissait dans leurs cœurs, il se fit plus prononcé. Bientôt, ils purent distinctement revoir la différence entre jour et nuit.

Ils ralentissaient ! La neige blanche restait au sol un bon moment, l'automne durait plus longtemps. Ils percevaient à présent les éclats du soleil lorsqu'il accomplissait ses révolutions, au lieu d'une impression de ruban de feu. Enfin, le jour dura quinze ou vingt bonnes minutes. Puis une demi-heure, puis une heure. Le soleil tremblota en plein ciel et s'immobilisa.

En contrebas, les spectateurs dans le gratte-ciel virent des arbres qui oscillaient et ployaient sous le vent. Bien qu'il n'y eût ni maison ni habitation en vue et qu'une forêt dense couvrît toute l'île de Manhattan, le monde tel qu'ils le voyaient paraissait à nouveau normal. Quel que soit l'endroit, ou plutôt l'époque, ils étaient arrivés à destination.

IV

Arthur prit Estelle par le bras et le couple se précipita vers les ascenseurs. Par chance, l'un était à l'arrêt, la porte ouverte, à leur étage. Le garçon d'ascenseur avait déserté son poste et contemplait avec le reste des occupants de l'immeuble l'étrange paysage qui les cernait.

Mais, à peine le couple eut-il atteint la cabine que le garçon accourut dans le couloir, suivi à toutes jambes de trois ou quatre autres personnes. Sans un mot, le garçon se rua à l'intérieur, les autres se pressant derrière lui, et la cabine fila vers le bas, les nouveaux-venus essoufflés par leur course.

Leur cabine fut la première à atteindre le sol. Ils se précipitèrent en direction de la porte ouest.

Là où ils avaient coutume de voir Madison Square s'étendre devant eux, se trouvait une clairière d'environ un demi acre d'envergure. Là où leurs yeux cherchèrent instinctivement la fontaine en bronze sombre, près de laquelle régnaient naguère des orateurs de rue, ils virent une tente, un wigwam de peaux et d'écorces aux couleurs gaies. Et devant ce wigwam se tenaient deux ou trois indiens à la peau brune, pétrifiés de stupeur.

Derrière, il y avait d'autres wigwams, peints comme le premier de taches d'argile aux couleurs vives. De ceux-là émergèrent aussi des Indiens affichant un regard incrédule, les yeux toujours plus écarquillés. Lorsque le groupe de blancs fit face aux Indiens, il y eut un moment de silence de mort. Puis, avec un cri sauvage, les peaux-rouges détalèrent à toutes jambes, sans s'arrêter pour réunir leurs affaires, ni même prendre le temps de décocher un dernier coup d'œil sur les bizarres étrangers qui avaient envahi leur domaine.

Arthur inhala deux ou trois longues bouffées d'air frais et se surprit à comparer sa qualité à celle de la ville. Estelle regardait autour d'elle, stupéfaite. Elle se retourna et vit le grand immeuble de bureaux derrière elle, puis fit face à cette petite clairière, avec une forêt vierge en toile de fond.

Elle se sentit trembler sans raison précise. Arthur lui lança un regard. Il comprit qu'elle était au bord d'une crise de nerfs si rien ne venait capter son attention.

– Nous ferions mieux d'examiner ce village, lança-t-il d'un ton nonchalant. Nous pourrons sans doute découvrir à quelle époque nous sommes d'après les armes et ainsi de suite.

Il lui saisit fermement le bras et la guida vers les tentes. Les autres personnes, restés en arrière, manifestaient leurs émotions de diverses manières. Deux ou trois — des femmes — s'assirent carrément sur les marches et se laissèrent aller à des larmes de stupeur, d'effroi et de soulagement, en une singulière combinaison défiant toute analyse. Deux ou trois hommes jurèrent d'une voix tremblante.

Entre-temps, les ascenseurs de l'immeuble fonctionnaient à plein avec des bruits métalliques, et le hall d'entrée s'emplit d'une foule aux visages blêmes, désespérément soucieuse de découvrir ce qui était arrivé et pourquoi c'était arrivé. Des flots de gens sortaient par la porte principale et regardaient autour d'eux, l'air confondu. Il y avait une singulière expression de doute sur chaque visage. Chacun se demandait s'il était éveillé et, se l'étant prouvé par des pincements, ouvertement administrés, se posait ensuite une seule question : étaient-ils devenus tous fous ?

Arthur guida prudemment Estelle entre les tentes.

Le village se composait d'une douzaine de wigwams. La plupart étaient faits d'écorces de bouleau, habilement imbriquées, les jointures colmatées à la résine. Tous avaient pour portes des rabats en peaux, et un ou deux étaient presque entièrement constitués de peaux, cousues avec des tendons.

Arthur ne se livra qu'à un examen sommaire du village. Sa principale raison d'y conduire Estelle était de lui occuper un peu l'esprit afin d'éviter une réaction de choc devant cette sorte de cataclysme.

Il regarda à l'intérieur d'une ou deux tentes et y découvrit juste des couchettes en peaux et de petits ustensiles domestiques épars. D'une tente, il sortit un bol et un carquois de flèches. C'était du bon ouvrage, mais à l'évidence l'artisan ignorait tout des outils en métal.

Les connaissances d'Arthur en archéologie étaient des plus minces, mais il remarqua que les pointes de flèches étaient taillées et non polies. Elles étaient fixées aux traits par des lanières en boyau ou en tendon.

Arthur poursuivait toujours ses investigations lorsqu'un sanglot d'Estelle lui fit marquer une pause pour la regarder.

– Qu'allons-nous faire ? demanda-t-elle. Qu'allons-nous faire ? Où sommes-nous ?

– Vous voulez dire : *quand* sommes-nous ? précisa Arthur avec un sourire pincé. Je l'ignore. Mais bien avant la découverte de l'Amérique. Vous pouvez voir partout dans le village qu'il n'y a aucune trace de civilisation européenne. Je ne saurais l'affirmer, bien sûr, mais cette poterie me le fait penser. Vous voyez ce bol ?

Il désigna un bol d'argile rouge, posé sur le sol devant un des wigwams.

– Si vous le regardez de près, vous verrez que ce n'est pas du tout une poterie. C'est un panier tissé en jonc puis enduit d'argile pour le rendre résistant au feu. Les gens qui l'ont confectionné ignorent la cuisson de l'argile. Lorsque l'Amérique a été découverte, presque toutes les tribus avaient des connaissances en matière de poterie.

– Mais qu'allons-nous faire ? insista Estelle, au bord des larmes.

– Nous allons nous débrouiller de notre mieux, répondit Arthur avec optimisme. En attendant de retourner à notre point de départ. Peut-être les gens du vingtième siècle pourront-ils nous envoyer des secours... Lorsque le gratte-ciel a disparu, il a dû laisser comme un trou, et il leur sera peut-être possible de nous suivre.

– Dans ce cas, se hâta de dire Estelle, pourquoi ne pas grimper sans attendre qu'ils descendent nous chercher ?

Arthur se gratta la tête. Il regarda le gratte-ciel à l'autre bout de la clairière. Il semblait solidement posé sur le sol. Il leva les yeux. Le ciel paraissait normal.

– À dire vrai, avoua-t-il, il ne semble pas y avoir de trou... J'en ai surtout parlé pour vous remonter le moral.

Estelle serra les poings et se ressaisit.

– Dites-moi juste la vérité, fit-elle doucement. Je me suis montrée plutôt sotte, mais dites-moi ce que vous pensez vraiment de tout ça.

Arthur la regarda avec franchise.

– Dans ce cas, déclara-t-il à contrecœur, j'avoue que nous sommes dans de vilains draps. Je ne sais pas ce qui est arrivé, comment c'est arrivé, ni rien du tout. Je vais juste continuer à avancer jusqu'à trouver comment sortir de ce pétrin. Nous sommes environ deux mille personnes ici et, à nous tous, nous devrions trouver une issue.

Estelle était devenue très pâle.

– Nous n'avons guère à craindre des Indiens, poursuivit pensivement Arthur, ni de rien d'autre à ma connaissance... À part une chose.

– Laquelle ? se hâta de demander Estelle.

Arthur secoua la tête et ramena la jeune femme vers le gratte-ciel, au bas duquel se massait à présent la foule venue de tous les étages et qui restait, toute excitée, dans le grand hall, échangeant des questions sur ce qui était arrivé.

Arthur mena Estelle vers un des coins.

– Attendez-moi ici, ordonna-t-il. Je vais leur parler.

Il se fraya un chemin jusqu'à atteindre le kiosque de confiserie et presse dans le hall principal. Là, il grimpa sur le comptoir et lança :

– Mes amis, écoutez-moi ! Je vais vous expliquer ce qui est arrivé !

En un instant, s'installa un silence de mort. Arthur se trouva au centre d'un océan de visages blêmes, chacun crispé par la peur et l'angoisse.

– Pour commencer, dit-il d'une voix assurée, il n'y a rien à craindre. Nous allons retourner à notre point de départ ! J'ignore encore comment, mais nous y parviendrons. N'ayez pas peur. Maintenant, voici ce qui s'est passé.

Il leur esquissa rapidement, en termes aussi clairs que possible, sa théorie sur la formation d'une faille dans la roche où reposaient les fondations, laissant le gratte-ciel glisser, non vers le bas, mais dans la Quatrième Dimension.

– Je suis ingénieur, conclut-il. Ce que la nature peut faire, nous pouvons l'imiter. La nature nous a conduits dans ce gouffre. Nous en sortirons. Entre-temps, l'affaire s'annonce sérieuse. Nous ne devons pas craindre de ne pas revenir. Nous y parviendrons. Ce que nous devons combattre, c'est... la faim !

V

– Nous devons combattre la faim, et nous devons la vaincre ! poursuivit Arthur d'un ton résolu. Je vous le dis d'emblée, car je veux que vous preniez l'affaire par son début et que vous apportiez votre aide. Nous avons très peu de nourriture et nous sommes nombreux pour la manger. D'abord, je veux des volontaires pour organiser le rationnement. Ensuite, je veux que chaque gramme de nourriture en ce lieu soit mis sous bonne garde, pour être servi à ceux qui en ont le plus besoin. Qui pourra apporter son aide ?

Cette rapide succession de chocs avait paralysé les facultés de la plupart des gens présents, mais une demi-douzaine de personnes s'avancèrent. Parmi eux, il y avait un homme aux cheveux gris avec un air d'autorité naturelle. Arthur reconnut en lui le président de la banque du rez-de-chaussée.

– J'ignore qui vous êtes ou si vous avez raison sur ce qui est arrivé, dit l'homme. Mais je vois qu'il faut agir, et... eh bien, pour l'instant, je vous crois sur parole. Plus tard, nous pourrons démêler cette affaire.

Arthur hocha la tête. Il se pencha et parla à voix basse à l'homme aux cheveux gris, qui s'éloigna ensuite.

– Grayson, Walters, Terhune, Simpson et Forsythe, venez ici, lança celui-ci devant une porte.

Plusieurs hommes, la mine déboussolée, se

pressèrent vers lui.

Arthur reprit sa harangue.

– Vous autres – enfin, ceux qui ne sont pas trop sidérés pour réfléchir – vous pensez sûrement qu'il y a un restaurant dans l'immeuble et donc aucune raison de mourir de faim. Erreur ! Nous sommes presque deux mille ici. Cela signifie six mille repas par jour. Il nous faudra donc presque dix tonnes de nourriture par jour et ce, tout de suite.

– La chasse ? suggéra quelqu'un.

– J'ai vu des Indiens ! cria quelqu'un d'autre. Pouvons-nous commercer avec eux ?

– Nous pouvons chasser et commercer avec les Indiens, reconnut Arthur, mais je vous le répète, il nous faut de la nourriture par tonne... par tonne, les amis ! Les Indiens ne font pas des réserves de vivres et, de plus, ils sont bien trop disséminés pour avoir des surplus pour nous. Mais il nous faut de la nourriture. Maintenant, combien parmi vous ont des connaissances en chasse, pêche, pose de pièges, ou tout autre moyen de trouver de la nourriture ?

Quelques mains se levèrent... pitoyablement rares. Arthur vit qu'Estelle levait la sienne.

– Très bien, dit-il. Ceux parmi vous qui ont levé la main, accompagnez-moi au premier étage et nous en discuterons de cela. Vous autres, essayez de vaincre votre peur, et ne sortez pas pour l'instant. Nous devons mettre quelques détails au point avant que vous puissiez vous aventurer dehors sans aucun danger. Et restez loin du restaurant. Il y a des gardes armés pour protéger cette nourriture. Avant de la distribuer à tout va, nous veillerons à ce qu'il y en ait pour le lendemain et le surlendemain.

Il descendit du comptoir et se dirigea vers l'escalier. Il était inutile d'employer l'ascenseur pour monter un seul étage. Estelle parvint à le rejoindre et ils gravirent les marches ensemble.

– Pensez-vous que nous allons vraiment nous en sortir ? demanda-t-elle doucement.

– Il le faut ! lui dit Arthur, le menton ferme. Il le faut, tout simplement...

Le président grisonnant de la banque les attendait en haut des marches.

– Je m'appelle Van Deventer, fit-il, serrant la main tendue d'Arthur, qui lui donna son nom.

– Où notre conseil d'urgence pourrait-il se tenir ? s'enquit celui-ci.

– La banque a une salle de conférence juste au-dessus de la chambre forte. Je dirais que nous pouvons y accueillir tout le monde... Tous ceux du conseil, en tout cas.

Arthur le suivit dans la salle de réunion, et les autres lui emboîtèrent le pas.

– Je prends juste la direction temporaire, leur expliqua Arthur, car il est impératif que certaines dispositions soient prises immédiatement. Ensuite, nous pourrons envisager l'élection de représentants pour diriger nos activités. Pour l'instant, il nous faut de la nourriture. Combien d'entre vous savent tirer ?

Environ un quart des mains se levèrent. Celle d'Estelle était du nombre.

– Combien sont des pêcheurs ?

Quelques bras se levèrent.

– Que savent faire les autres ?

Il y eut un chœur de « jardinier », de « j'ai un jardin dans ma cour », de « je fais pousser des pêches dans le New Jersey », et trois hommes reconnurent qu'ils élevaient des poulets en guise de passe-temps.

– J'aurai besoin des jardiniers un peu plus tard. Mais ne partez pas encore. Le plus important, ce sont les chasseurs et les pêcheurs. Certains parmi vous ont-ils des armes dans leurs bureaux ?

Plusieurs avaient des revolvers, mais un seul homme avait une carabine et des cartouches.

– Je partais en vacances cet après-midi directement après le bureau, expliqua-t-il, et j'ai tout mon attirail de loisir.

– Bravo ! s'exclama Arthur. Vous chasserez le gros gibier.

– Avec juste une carabine ? demanda le chasseur, sidéré.

– Si vous tirez de près, une carabine sera mieux que tout, et nous ne pouvons pas perdre une cartouche pour chaque oiseau ou lapin. Vos cartouches sont précieuses. Vous autres devrez devenir des pêcheurs pour un temps. Vos pistolets ne conviennent pas pour la chasse.

– Les gardes de la banque ont des fusils, dit Van Deventer, et il y a un ou deux fusils à répétitions. Par contre, je ne sais pas pour les munitions...

– Parfait ! Je ne parle pas des munitions, mais des fusils. Espérons qu'il y a des munitions. Vous, les pêcheurs, mettez-vous à l'œuvre pour improviser un attirail avec tout ce que vous pourrez trouver. Ça vous convient ?

Une série de hochements de têtes répondit à sa question.

– Maintenant, vous, les jardiniers... Vous autres devrez explorer les bois en compagnie des chasseurs pour repérer tout ce qui pousse comme comestibles. Savez-vous tous à quoi ressemblent des plantes sauvages ? Je veux parler de fruits et légumes sauvages qui sont comestibles.

Quelques hommes acquiescèrent, mais la majorité afficha un air dubitatif. L'opinion dominante semblait être qu'ils allaient essayer. Arthur parut un peu découragé.

– J'imagine que vous êtes la personne à qui parler au sujet du restaurant, dit calmement Van Deventer. Et, comme c'est ici la commission alimentaire, en quelque sorte, il vaut mieux que tout le monde entende ce que j'ai à dire. De toute manière, tous le sauront avant la nuit. Donc, j'ai pris le contrôle du restaurant, comme vous l'avez suggéré, et posté devant les portes quelques hommes de la banque en qui j'avais confiance. Mais il n'était guère utile de le faire.

Il y eut un bref silence.

– Le restaurant épuise habituellement ses réserves dans l'après-midi, reprit le banquier, car le plus gros de son activité est le matin et à midi. Il ne contient qu'une journée de provisions, et le... le cataclysme, quel qu'il soit, s'est produit à trois heures. Il n'y a donc pratiquement rien làbas... Nous ne pourrions pas faire de sandwiches pour la moitié des femmes qui sont coincées avec nous, encore moins pour les hommes. Tout le monde aura faim ce soir. Il n'y aura pas de petit déjeuner demain, ni rien à manger tant que nous n'aurons pas négocié quelques provisions avec les Indiens, ou trouvé de la nourriture par nousmêmes.

Arthur frotta sa main contre sa mâchoire et réfléchit. Une lente rougeur montait à ses joues. La fièvre du combat s'installait en lui. À l'école, lorsqu'il commençait à rougir lentement, ses camarades reconnaissaient là les symptômes et évitaient son courroux. À présent, il était en colère contre une simple situation, mais elle n'avait qu'à bien se tenir, cette situation...

– Eh bien, dit-il enfin, d'un ton décidé, nous allons devoir... Hé ! qu'est-ce qui se passe ?

Il y eut un grand craquement, puis une sorte gémissement. Soudain, on sentit comme une vibration sous les pieds. Le sol commença à s'incliner légèrement.

– Grand Dieu ! s'écria quelqu'un. L'immeuble se renverse et on va être ensevelis sous les ruines !

L'inclinaison du sol se fit plus prononcée. Une chaise vide glissa vers une des extrémités de la salle. Un fracas éclata soudain.

VI

Reprenant conscience, Arthur sentit que quelqu'un le tirait par les épaules, tentant de le dégager de sous la lourde table qui lui avait coincé les pieds tandis qu'une chaise volante l'avait frappé à la tête et assommé.

– À l'aide ! lança la voix d'Estelle. Que quelqu'un vienne m'aider ! Il est bloqué ici !

Elle sanglotait, la panique se mêlant à une autre émotion jusque-là inconnue d'elle.

– Aidez-moi, je vous en prie ! hoqueta-t-elle, puis sa voix se brisa sous l'effet du découragement.

Mais elle ne cessa pas pour autant de tirer en vain sur Chamberlain, tentant de l'arracher à la masse de débris.

Arthur remua un peu, étourdi.

– Êtes-vous en vie ? lança-t-elle, angoissée. Êtes-vous en vie ? Vite, oh, vite dégagez-vous ! L'immeuble s'écroule !

– Je vais bien... dit faiblement Arthur. Sortez avant que tout s'effondre !

– Je ne vous abandonnerai pas, déclara-t-elle. Où êtes-vous coincé ? Êtes-vous gravement blessé ? Vite, je vous en prie, dépêchez-vous !

Arthur remua sans parvenir à dégager son pied. Il fit une demi-roulade et la table bougea, comme si elle était en équilibre précaire, et glissa lourdement sur le côté. Avec Estelle qui le tirait toujours, il parvint à se relever sur le sol incliné et regarda autour de lui pour examiner les alentours.

– Aucun danger, dit-il faiblement. Le sol d'une seule pièce a cédé. Les séquelles de la faille rocheuse.

Il se fraya un chemin sur le sol fendu, entre les chaises entassées pêle-mêle.

– Nous sommes au-dessus de la salle des coffres, fit-il. Voilà pourquoi nous ne sommes pas tombés jusqu'à l'étage inférieur. Je me demande comment nous allons faire pour descendre...

Estelle le suivit, redoutant toujours que l'immeuble s'écroulât sur eux. Certaines des longues lames de plancher partaient du bord de la chambre forte pour reposer sur une haute grille en bronze qui protégeait l'approche de l'imposante salle des coffres. Arthur les éprouva du pied.

– Elles semblent plutôt solides, dit-il avec une certaine hésitation.

Ses forces revenaient un peu plus à chaque instant. Il avait seulement été étourdi. Il s'avança sur le plancher jusqu'à la grille en bronze et se retourna.

– Si vous n'avez pas le vertige, allez-y, lança-t-il. Nous pourrons rejoindre le sol par la grille.

Estelle le suivit d'un pas prudent, et un instant plus tard, ils arrivaient sains et sauf en bas. Le couloir était totalement désert.

– Lorsque tout a craqué, expliqua Estelle, la voix ébranlée par la peur qu'elle venait de vivre, ils ont tous cru que l'immeuble s'écroulait et se sont enfuis. Je crains qu'ils soient tous partis...

– Ils reviendront bien dans un moment, fit tranquillement Arthur.

Ils suivirent le grand couloir de marbre en direction de la porte occidentale, celle par laquelle ils s'étaient rendus au village Indien. Lorsqu'ils émergèrent au soleil, ils rencontrèrent quelques personnes remises de leur panique et qui étaient déjà de retour.

Une foule de taille respectable se forma en quelques instants. Les gens étaient encore tous pâles et tremblants, mais revenaient vers l'immeuble qui constituait leur seul refuge. Arthur s'appuya avec une lassitude soudaine contre la pierre froide. Celle-ci parut vibrer à son contact. Il se tourna rapidement vers Estelle.

– Sentez ça ! s'exclama-t-il.

Elle s'exécuta en tendant la main.

– Je me demandais quel était ce grondement, dit-elle. Je l'entends depuis que nous avons atterri ici, mais je ne comprenais pas d'où il venait.

– Vous entendez un grondement ? s'enquit Arthur, intrigué. Moi, je n'entends rien...

– Il n'est plus aussi fort, mais je l'entends, insista Estelle. Il est très sourd, comme la plus basse note possible d'un orgue.

– Vous ne pouviez entendre le sifflement aigu lorsque nous descendions, s'exclama soudain Arthur, et vous ne pouvez pas entendre un cri de chauve-souris. C'est donc ça... Vos oreilles sont sur une fréquence plus basse que la normale, et vous pouvez entendre des sons qui sont trop graves pour moi... Tendez bien l'oreille. Cela ressemble-t-il un peu au bruit d'un liquide en mouvement ?

– Oui... oui, fit Estelle, hésitante. Je ne sais trop

pourquoi, cela me fait penser à un mouvement de marée, ou quelque chose de ce genre.

Arthur se précipita à l'intérieur. Quand Estelle l'eut suivi, elle le trouva qui examinait, tout excité, le sol entourant la base de la chambre forte.

– Il est fendu, lança-t-il, excité. Il est fendu ! La chambre forte s'est soulevé de deux bons centimètres !

Estelle vit les fissures.

– Qu'est-ce que ça veut dire ?

– Que nous allons revenir chez nous ! s'écria joyeusement Arthur. Ça veut dire que je remonte à la source du problème. Ça veut dire que tout ira bien.

Il exultait, explorant la chambre forte, notant exactement comment couraient les fentes du sol et voyant en chacune d'elle une confirmation de sa théorie.

– Je devrai procéder à une inspection de la cave, poursuivit-il, tout joyeux. Mais je suis presque sûr que je suis sur la bonne piste et que je parviendrai à imaginer comment rectifier la situation.

– Dans combien de temps pourrons-nous espérer repartir ? demanda Estelle sur un ton impatient.

Arthur hésita, puis une bonne partie de son excitation s'effaça soudain de son visage, le laissant assez soucieux et sévère.

– Peut-être un mois, ou deux mois, ou une année... répondit-il d'un ton grave. Je l'ignore. Si ça marche à ma première tentative, ce ne sera pas long. Si nous devons faire des expériences, je n'ose dire combien de temps ça prendra. Mais — son menton se fit ferme — nous repartirons !

Estelle le considéra, méditative. Son expression se fit un peu soucieuse.

– Mais si c'est dans un mois, dit-elle, dubitative, nous... nous... Il n'y a guère d'espoir de trouver de la nourriture pour deux mille personnes pour un mois, pas vrai ?

– Il le faudra, déclara Arthur. Inutile d'espérer obtenir tant de nourriture des Indiens. Il faudra des jours avant qu'ils osent revenir dans leur village, s'ils reviennent jamais. Il faudra des semaines pour les convaincre de travailler pour nous nourrir, et c'est en laissant de côté la question de savoir comment communiquer avec eux et commercer avec eux. Franchement, je pense que tout le monde va devoir se serrer la ceinture avant que nous trouvions une issue... si nous y arrivons. Certains s'en sortiront, en tout cas.

Estelle écarquilla les yeux lorsque le sens de sa dernière phrase pénétra son esprit.

– Vous voulez dire que nous n'allons pas tous...

– Je vais veiller sur vous, dit Arthur d'une voix grave. Mais ça va sans doute chauffer par ici lorsque les gens commenceront à comprendre qu'il n'y a pas assez à manger pour tout le monde. Je vais demander à Van Deventer de m'aider à organiser une force de police pour imposer la loi martiale. Il ne nous faut aucun désordre, c'est certain, et en cas de disette, je ne me fierai pas une seconde à un citadin, à moins de le connaître personnellement.

Il se pencha et ramassa un revolver sur le sol, abandonné par un des gardes de la banque lorsqu'il s'était enfui, croyant que l'immeuble s'effondrait.

VII

Arthur devant la fenêtre de son bureau, contemplait l'ouest. Le soleil se couchait, mais sur quelle scène !

Alors que, de cette même fenêtre, Arthur avait vu le soleil se coucher derrière les collines de Jersey, toutes bordées toits d'usines anguleux et aux cheminées crachant des colonnes de fumée, il voyait à présent le même soleil s'abîmer, rougeoyant, derrière une masse de feuillage luxuriant. Et, là où il avait coutume de contempler les sommets de grands immeubles —chacun digne du surnom de « gratte-ciel »— s'étendait à présent des kilomètres et des kilomètres carrés d'ondoyantes branches vertes.

L'Hudson continuait à couler, large et paisible, parfaitement indifférent à l'arrivée de cet étrange monument sur ses rivages... Ce même Hudson qu'Arthur connaissait depuis toujours comme une grande artère animée par le trafic de vapeurs crachotant leur fumée et de vedettes ronronnantes. Deux ou trois petits cours d'eau sillonnaient avec insouciance ce territoire qui deviendrait l'agglomération la plus dense de la terre. Et très, très loin en contrebas —Arthur devait bien se pencher à sa fenêtre pour les voir— se dressait une collection de minuscules wigwams, ces petites structures en écorce qui représentaient la métropole originelle de New York.

Son téléphone sonna. Van Deventer était au bout du fil. Les communications de l'immeuble fonctionnaient toujours. Van Deventer voulait qu'Arthur descende dans son bureau privé. Il y avait toujours grand nombre d'affaires à régler, des dispositions pour réquisitionner des bureaux comme dortoirs pour les femmes, sans parler d'innombrables autres détails. Les hommes qui semblaient avoir le mieux gardé la tête froide allaient se réunir là pour décider d'un plan d'action.

Arthur lança un dernier regard par la fenêtre avant de se rendre à l'ascenseur. Il aperçut alors un singulier nuage sombre et compact qui traversait rapidement le ciel vers l'ouest.

– Miss Woodward, lança-t-il. Qu'est-ce que c'est, à votre avis ?

Estelle se rendit à la fenêtre.

– Des oiseaux, lui dit-elle. Des oiseaux qui volent en groupe. J'en ai souvent vu à la campagne, mais jamais en si grand nombre.

– Au fait, comment attrape-t-on des oiseaux ? lui demanda Arthur. Je sais qu'on peut les abattre, par exemple, mais nous n'avons pas assez d'armes pour être efficaces. Pourrions-nous les prendre au piège ?

– Je n'en serais pas surprise, fit pensivement Estelle. Mais difficile d'en attraper beaucoup.

– Descendez avec moi, proposa Arthur. Vous en savez autant là-dessus que n'importe quel homme présent, et davantage que la plupart, semble-t-il. Nous allons vous demander de nous montrer comment attraper du gibier.

Estelle eut un sourire un peu pâle. Arthur la conduisit vers l'ascenseur. Dans la cabine, il remarqua qu'elle semblait chagrinée.

– Quel est le problème ? demanda-t-il. Vous n'avez pas vraiment peur, n'est-ce pas ?

– Non, répondit-elle d'une voix mal assurée. Mais... je suis assez bouleversée par cette affaire. C'est si... si terrible, en fait, d'être ici, à des milliers des kilomètres, ou d'années, de tous ses amis et de tout le monde... !

– Je vous en prie... commença Arthur avec un sourire encourageant. Je vous en prie, considérez-moi comme votre ami, voulez-vous ?

Elle hocha la tête, mais refoula quelques larmes. Arthur aurait voulu la réconforter davantage, mais l'ascenseur s'arrêta à leur étage de destination. Ils pénétrèrent dans la salle où devait se tenir la réunion des esprits lucides.

Il n'y avait là pas plus d'une douzaine d'hommes qui parlaient avec animation, mais avec un air plutôt découragé. Lorsque Arthur et Estelle entrèrent, Van Deventer vint les accueillir.

– Nous devons agir, dit-il à voix basse. Une vague de mal du pays s'est abattue sur les lieux. Regardez ces hommes. Chacun pense à sa famille et compare son douillet foyer à ce monde extérieur à l'état sauvage.

– Vous, vous ne semblez pas inquiet, on dirait, remarqua Arthur, avec un sourire.

Les yeux de Van Deventer pétillèrent.

– Je suis célibataire, dit-il avec entrain, et je vis à l'hôtel. Voilà trente ans que j'aspire à une chance de vivre une expérience vraiment passionnante. Les affaires m'en ont empêché jusqu'à aujourd'hui, mais... je m'amuse énormément !

Estelle considera le groupe d'hommes découragés.

– Nous devons vraiment agir, fit-elle avec un faible sourire. J'éprouve le même sentiment qu'eux. Ce matin, je répugnais à l'idée de retourner dans ma pension ce soir, mais à présent j'ai l'impression que l'odeur de choux dans le couloir ressemblerait à celle du paradis.

Arthur les conduisit vers le bureau placé au centre de la salle.

– Réglons certaines des affaires les plus importantes, dit-il d'un ton sérieux. Aucun de nous n'a l'autorité d'agir pour les autres occupants de la tour, mais il y en a tant sous l'emprise d'une peur bleue que les personnes ici présentes doivent prendre leurs responsabilités, au moins pour un temps. Quelqu'un a-t-il des suggestions ?

– Le logement, répondit aussitôt Van Deventer. Je suggère d'enrôler un groupe d'hommes pour ramener tous les divans capitonnés et les tapis que l'on trouvera à un étage où les femmes dormiront.

– Mmmmm... Oui. C'est une bonne idée. Quelqu'un a-t-il un meilleur plan ?

Personne ne prit la parole. Tous semblaient trop souffrir du mal du pays pour prêter grand intérêt à quoi que ce fût, mais ils commencèrent quand même à écouter ce qui se disait, plus ou moins timidement.

– J'ai pensé au charbon pour les générateurs électriques, dit Arthur. Il y a sans doute une réserve dans la cave, mais je me demande s'il ne vaudrait pas mieux éteindre les lumières dans la plupart des étages, et n'éclairer que ceux que nous utilisons.

– Plus tard, ce pourrait être une bonne idée, oui, fit calmement Estelle, mais la lumière est réconfortante, et tout le monde se sent si déprimé que je ne ferais pas ça cette nuit, si j'étais vous. Demain, ils commenceront à reprendre courage, et vous pourrez leur demander d'agir.

– Si nous devons mourir de faim, déclara un des autres hommes d'une voix sombre, alors autant le faire avec beaucoup de lumière, hein ?

– Nous n'allons pas mourir de faim ! rétorqua sèchement Arthur. Juste avant de descendre, j'ai vu une grande nuée d'oiseaux, la plus grande que j'ai jamais vue. Et quand nous attraperons ces oiseaux...

– Oui, quand… ? fit en écho le pessimiste.

– C'étaient des pigeons, expliqua Estelle. Ils ne devraient pas être difficiles à appâter ou piéger.

– Je prends en général mon dîner avant cette heure-ci, protesta le pessimiste, et on m'a dit que je n'aurai rien ce soir...

Les autres hommes commencèrent à redresser les épaules. L'humeur maussade d'un des leurs semblait réveiller leur courage latent.

– Eh bien, nous devrons supporter ça pour l'instant, fit l'un d'eux, presque philosophe. Je suis surtout impatient de repartir. Avons-nous la moindre chance d'y parvenir ?

Arthur hocha la tête avec énergie.

– Je pense que oui. J'ai une certaine idée sur la cause de notre plongée dans la Quatrième Dimension et, lorsque celle-ci sera vérifiée, on pourra chercher une solution et l'appliquer.

– Combien de temps faudra-t-il pour ça ?

– Je ne saurais le dire, répondit Arthur avec franchise. J'ignore quels outils, quels matériaux ou quels ouvriers nous avons et, pour être un peu plus précis, j'ignore même quels travaux il faudra entreprendre. Le problème urgent, c'est la nourriture.

– Au diable la nourriture ! protesta un homme, impatient. Je ne me soucie pas de moi. Je peux rester sur ma faim ce soir. Je veux rejoindre ma famille.

– Oui, c'est tout ce qui compte vraiment ! fit en écho un chœur de voix.

– Nous ne devons penser à rien d'autre, sauf si nous découvrons que nous ne pouvons pas repartir. Concentrons-nous juste sur notre retour, déclara un homme, plus explicite.

– Écoutez-moi donc, fit Arthur, d'une voix incisive. Vous avez une famille, comme beaucoup d'autres dans la tour, mais votre famille et toutes les autres familles doivent passer après le reste. Comme première limite, nous ne pourrons nous atteler au problème de repartir d'ici qu'une fois certains que rien d'autre ne se produira. Je vous le dis très honnêtement, je pense savoir quelle est la cause directe de cette catastrophe. Et je vous dirai encore plus honnêtement que je pense être le seul homme parmi nous à pouvoir ramener cette tour à son point de départ. Et je vous dirai enfin, avec la plus sincère franchise, que toute tentative de jouer à présent avec les forces qui nous ont conduits ici provoquerait une catastrophe bien supérieure à celle qui s'est déjà produite.

– Bon, si vous êtes si sûr de vous... commença l'un des hommes, à contrecœur.

– J'en suis si sûr que je vais garder pour moi ce que je sais sur le moyen de remettre en œuvre ces forces, dit calmement Arthur. Je ne veux pas d'ingérence prématurée. Si nous commençons trop tôt, Dieu seul sait ce qui pourrait arriver...

VIII

Van Deventer scrutait attentivement Arthur Chamberlain.

– Vous ne chercheriez pas à monnayer vos services pour nous ramener, n'est-ce pas ? demanda-t-il froidement.

Arthur se retourna et le dévisagea. Son visage commença à s'empourprer. Van Deventer leva une main.

– Je vous demande pardon. J'ai compris.

– Nous n'avons pas encore réglé tous les sujets qui nous ont réunis ici, intervint alors Estelle.

Elle avait remarqué le risque de friction et s'était hâté de faire diversion. Arthur se détendit.

– Je pense que le mieux serait d'abord d'achever les aménagements du dortoir, suggéra-t-il. Je dirais que nous devrions rassembler tout le monde puis enrôler des volontaires pour cette tâche.

– D'accord, dit Van Deventer, soucieux de racheter sa récente bévue. Si j'envoyais les gardes de la banque à chaque étage pour demander à tout le monde de descendre ?

– Vous pouvez leur donner le signal du départ, fit Arthur. Il faudra du temps pour rassembler tout le monde...

Van Deventer parla au téléphone de son bureau. Un instant plus tard, il raccrocha le combiné.

– Ils sont en route, dit-il.

Arthur plissa pensivement le front et griffonna quelque chose dans un carnet.

– Bien sûr, déclara-t-il d'un air un peu ailleurs, le problème urgent reste la nourriture. Nous avons un bon nombre de pêcheurs, et peu de chasseurs. Il nous faut beaucoup de nourriture tout de suite et, tout bien considéré, je pense que nous devrions plutôt compter sur les pêcheurs. À l'aube, il nous faudra des gens pour commencer à déterrer des appâts et réveiller nos pêcheurs. Il vaudrait mieux qu'ils fabriquent leur attirail cette nuit, vous ne croyez pas ?

Tout le monde acquiesça.

– Parfait. Voici donc ce que nous annoncerons. Les pêcheurs se rendront au fleuve sous la garde des hommes qui savent tirer. Je pense que si des Indiens sont présents, ils auront bien trop peur pour tenter une embuscade, mais il vaut mieux jouer la prudence. Ils resteront groupés et pêcheront presque au même endroit, avec nos chasseurs patrouillant les bois derrière eux, pour tirer du gibier s'ils en voient. Les pêcheurs devraient avoir plus ou moins de succès, je pense. À ma connaissance, les Indiens n'étaient pas de grands pêcheurs et le fleuve devrait littéralement regorger de poissons.

Il referma son carnet.

– Sur combien d'armes pouvons-nous compter, en tout ? demanda Arthur à Van Deventer.

– Dans la banque, environ une douzaine de fusils et une demi-douzaine de carabines à répétition. Ailleurs, ça je l'ignore. Mais quarante ou cinquante hommes ont dit posséder des revolvers.

– Nous donnerons les revolvers aux hommes qui accompagneront les pêcheurs. Les Indiens n'ont jamais entendu d'arme à feu et s'enfuiront au bruit de la détonation, au cas où ils oseraient quand même attaquer nos hommes.

– On pourrait envoyer les gars armés comme chasseurs, suggéra quelqu'un. Et les jardiniers iraient avec eux pour chercher légumes et le reste ?

– Il nous faudra effectuer une sorte de recensement, suggéra Arthur. Pour découvrir ce que chacun sait faire et l'inciter à le faire.

– Je n'ai jamais rien mis sur pied de tel, observa Van Deventer, et je n'aurais jamais cru que je devrais le faire un jour... Mais c'est bien plus amusant que diriger une banque !

Arthur sourit.

– Alors, allons réunir notre assemblée ! lança-t-il avec entrain.

L'assemblée en question se révéla être plus une sorte de veillée sombre et désespérante qu'autre chose. Presque tous avait vu le soleil se coucher sur un étrange paysage sauvage. À peine un individu sur les deux mille de la tour s'était jamais retrouvé hors de vue d'une maison de toute sa vie. Contempler une vaste étendue vierge là où ils avaient jusque-là vu la ville la plus civilisée du globe aurait déjà été assez déroutant et déprimant en soi, mais savoir qu'ils étaient seuls sur un continent entier de sauvages et que, en vérité, il n'y avait dans le monde pas une seule communauté de gens qu'ils pourraient reconnaître comme étant des frères, c'était terrifiant.

Peu d'entre eux poussaient plus loin la réflexion, mais si l'estimation d'Arthur d'un retour de plusieurs millénaires dans le temps était exacte, il n'y avait aucun autre groupe d'anglophones ailleurs dans le monde. La langue anglaise était encore à inventer. Même Rome, synonyme de civilisation antique, pouvait encore n'être qu'un obscur village peuplé d'une bande de gueux dirigés par un ambitieux Romulus.

Ces citadins, physiquement faibles, peu habitués à affronter d'autres défis que les nécessités les plus conventionnelles de la vie quotidienne, étaient terrifiés. Il n'y en avait guère un qui eût jamais sauté un repas de toute sa vie. L'idée de devoir soudain gagner leur nourriture, non en manipulant des chiffres dans un registre, ou en jonglant adroitement avec profits et prix, mais en l'arrachant littéralement à sa source, de la terre ou du fleuve, c'était véritablement terrifiant pour eux.

En outre, chacun était attaché à la vie des temps modernes par mille liens. Beaucoup avaient des familles, à des millénaires de là. Tous avaient des intérêts, des intérêts primordiaux dans le New York moderne.

Un jeune homme était par exemple en proie à une angoisse vraiment ridicule, car il avait promis d'emmener sa petite amie au théâtre ce soir et, s'il ne venait pas, elle serait très fâchée... Un autre devait se marier dans une semaine.

Certains étaient, comme Van Deventer et Arthur, dans une situation où ils pouvaient considérer cet épisode comme une aventure, ou encore comme Estelle, qui ne nourrissait pas de crainte immédiate car tous les siens avaient de quoi vivre sans son aide et habitaient loin de New York, si bien qu'ils ne sauraient rien de la catastrophe avant longtemps. Mais beaucoup éprouvaient une peur immédiate et pressante pour leurs familles, dont les dépenses dépendaient de leurs revenus à eux que la disparition du chef de famille pendant une semaine signerait carrément disette ou dette. Il y a tant de familles de ce genre à New York...

Voici pourquoi ces gens qui s'étaient réunis sans entrain à l'appel des gardes de Van Deventer étaient maintenant sous le choc et découragés. Leur excitation après le premier effort d'Arthur pour leur expliquer la situation s'était évaporée. Ils n'étaient plus du tout captivés par l'événement pourtant extraordinaire qu'ils avaient vécu.

Néanmoins, même s'ils ne comprenaient qu'à moitié ce qui s'était vraiment produit, ils commençaient à en réaliser la portée. Où qu'ils pussent aller, à la surface du globe, ils seraient toujours des intrus et des étrangers ! S'ils avaient été transportés sur un rivage inconnu, une région sauvage loin de leur pays, ils auraient pu envisager de construire des bateaux pour regagner leurs foyers. Mais ils avaient vu New York s'évaporer sous leurs yeux. Ils avaient vu leur civilisation disparaître devant eux...

Ils étaient dans un monde barbare. Il n'y avait pas ne serait-ce qu'une seule allumette sur la terre entière, à part celles se trouvant dans le gratte-ciel fugitif.

IX

Relayés par les quelques autres hommes de sang-froid, Arthur et Van Deventer haranguaient la foule apathique, tentant de l'éveiller à la nécessité de se mettre au travail. Ils se répandaient en promesses d'un inévitable retour aux temps modernes, ils juraient sur leur honneur que l'on finirait par tous les ramener sains et saufs leurs foyers.

Mais les gens avaient vu New York se désintégrer, et l'explication d'Arthur avait juste l'air du rêve délirant d'un romancier imaginatif. Pas une personne dans toute l'assemblée ne parvenait vraiment à comprendre que son foyer devait encore l'attendre, tout en éprouvant une inquiétude réellement pathétique pour le bien-être de ses occupants.

Chacun était emporté dans un tourbillon de certitudes contradictoires. D'un côté, ils savaient que New York n'avait pas été vraiment détruit et remplacé par une splendide forêt en l'espace de quelques heures, et que l'accident ou la catastrophe n'avait dû frapper que les occupants de la tour ; d'un autre côté, ils avaient vu tout New York s'effacer pour être remplacée par une ville plus petite et moins reluisante, celle-ci à son tour remplacée sous leurs yeux par une autre encore plus rustique, le tout avant d'atterrir au cœur de cette forêt...

De surcroît, tous commençaient à éprouver une inhabituelle et désagréable sensation de faim. Ce n'était encore qu'un léger inconfort, mais peu d'entre eux l'avait déjà éprouvé sans avoir la possibilité immédiate d'apaiser ce besoin. Et l'idée qu'il n'y avait pas de nourriture disponible attisait en quelque sorte l'envie de manger. Ils étaient vraiment dans un état pitoyable.

Van Deventer parla d'un ton encourageant, puis demanda des volontaires pour se mettre aussitôt au travail. Il n'y eut guère de réaction. Chacun semblait accablé par le découragement. Arthur se mit alors à user d'un ton plus direct. Il réussit à les secouer un peu, mais chacun était encore trop effaré pour comprendre l'utilité d'un travail.

En désespoir de cause, la douzaine d'hommes qui s'était réunie dans le bureau de Van Deventer sillonna les rangs de l'assemblée et sélectionna simplement des hommes au hasard, leur ordonnant de les suivre pour se mettre au travail. La foule se réveilla un peu, mais plus sous l'aiguillon de la peur que par vraie résolution. C'étaient des citadins, peu forgés à affronter une situation insolite ou alarmante. Arthur remarqua cette nouvelle nervosité, mais l'attribua à un malaise grandissant plutôt qu'à une panique égoïste. Il était plutôt heureux de les voir sortir de leur apathie. Lorsque la réunion arriva à son terme, il se sentit assuré qu'au matin la résolution latente des gens se serait cristallisée et qu'ils seraient enfin prêts à participer avec enthousiasme et intelligence aux tâches qu'on leur confierait.

Il regagna le rez-de-chaussée de l'immeuble, fort en lui-même d'un plus grand espoir qu'auparavant. Deux mille personnes travaillant toutes avec ardeur dans un but commun seraient difficiles à abattre, même face à une tâche comme celle qui attendait les habitants du gratte-ciel fugitif. Même s'ils ne parvenaient jamais à regagner les temps modernes, ils seraient toujours en mesure de former une communauté qui pourrait contribuer à hâter le développement de la civilisation dans d'autres parties du monde.

Son espoir fut mis à rude épreuve lorsqu'il débarqua dans le grand hall du rez-de-chaussée. Il y avait là une boutique de fruits et friandises, et lorsque Arthur arriva sur les lieux, il vit une foule houleuse qui la cernait. Le commerçant avait l'air effrayé, mais vendait ses réserves aussi vite qu'il pouvait rendre la monnaie. Arthur se fraya un chemin jusqu'au comptoir.

– Écoutez-moi ! dit-il sèchement. Cessez de vendre ces articles ! Il faut les conserver jusqu'à ce que nous puissions les distribuer là où il y en aura besoin.

– Je... je ne peux pas faire autrement, dit le vendeur. Ils prennent tout, de toute manière.

– Reculez ! cria alors Arthur à la foule. Vous trouvez ça décent de vouloir plus que votre part ? Vous aurez votre ration demain. Il faut partager !

– Allez au diable ! haleta quelqu'un. Vous pouvez mourir de faim, si ça vous chante, mais moi, je vais m'occuper de moi !

Ces hommes n'étaient pas vraiment affamés mais, effrayés par les discours sans détours d'Arthur et de ses assistants, ils s'emparaient de toutes les victuailles à portée de main, en prévision de la famine qu'on leur avait annoncée.

Arthur repoussa la foule, tentant de les écarter du comptoir, mais ses efforts ne firent qu'amplifier leur panique. Il y eut un prompt assaut suivi d'un fracas. La vitrine du comptoir avait rendu l'âme.

Sous le coup de la colère, Arthur se mit à cogner autour de lui. Mais la foule ne lui prêta pas la moindre attention. Chaque homme était trop paniqué, trop avide de s'emparer de quelque chose à manger avant que tout eût disparu, pour s'intéresser à lui.

Arthur fut simplement repoussé par les corps de quarante ou cinquante hommes. En un instant, il se retrouva seul au milieu des débris de la vitrine, à côté du commerçant qui se tordait les mains devant les restes de ses marchandises.

Van Deventer dévala l'escalier en courant.

– Quel est le problème ? demanda-t-il en découvrant Arthur qui serrait une main ensanglantée, coupée par le verre brisé de la vitrine.

– Des Bolcheviks ! répondit Arthur avec un sourire sinistre. Nous avons trop bien réveillé une partie de la foule. Ils ont été pris de panique et se sont mis à acheter des victuailles ici. J'ai tenté de les arrêter, et vous voyez ce qui est arrivé ? Nous ferions mieux de protéger le restaurant, même si je doute qu'ils tentent un autre assaut dans l'immédiat.

Il accompagna Van Deventer à l'étage du restaurant. Des sentinelles étaient postées devant la porte mais, à l'instant même où Arthur et le président de la banque apparurent, deux ou trois hommes aux visages blêmes s'approchèrent des gardes pour entamer une conversation à voix basse avec eux.

Arthur arriva sur les lieux juste à temps pour empêcher la tentative de corruption.

Il saisit un des hommes par le collet, Van Deventer un autre, et un instant plus tard, ils les envoyèrent bouler dans le hall.

– Des idiots pris de panique ! expliqua Van Deventer aux gardes postés devant les portes, la voix calme, même s'il était essoufflé par l'effort inaccoutumé. Ils ont saccagé la boutique de fruits au rez-de-chaussée et volé ses marchandises. Ce n'est que de la trouille bleue ! Mais s'il y en a qui commencent à se réunir par ici, frappez d'abord et discutez ensuite. Compris ?

– Oui, monsieur ! lancèrent les gardes presque avec enthousiasme.

– On pourra utiliser nos armes ? demanda un autre, sur un ton d'espoir.

Van Deventer grimaça un sourire.

– Non, répondit-il. Ce n'est pas encore justifié. Mais vous pourrez tirer dans le plafond, s'ils s'excitent trop. Ils ont juste la trouille !

Il prit Arthur par le bras, et tous deux repartirent vers l'escalier.

– Chamberlain, dit-il d'un ton léger, dites-moi pourquoi je ne me suis jamais autant amusé par le passé ?

Arthur sourit, l'air un peu las.

– Heureux pour vous que vous vous amusiez ! dit-il. Moi, pas. Je vais sortir et parcourir les alentours. Je veux voir si d'autres fissures sont apparues ou non dans le sol. Il fait noir et je vais emprunter une lampe dans le poste d'incendie. Je veux savoir s'il y a de nouveaux développements dans l'état de l'immeuble.

X

Bien que préoccupé par sa mission, à savoir découvrir s'il y avait de nouveaux signes d'activité des forces étranges ayant précipité la tour à travers la Quatrième Dimension jusqu'à l'époque sombre et inconnue de l'Amérique primitive, Arthur ne pût résister à la fascination du spectacle qui s'offrit à ses yeux. Une lune brillante scintillait dans les cieux et baignait d'argent les flancs blancs de la tour, tandis que les fenêtres vivement éclairées des bureaux brillaient telles des gemmes incrustées dans la flèche chatoyante.

De sa position, il contemplait aussi de toutes parts la forêt enténébrée. L'obscurité s'était épaissie sous les masses sombres de feuillage éclairé par la lune. Les petits teepees en écorce de bouleau du village indien à présent désert luisaient faiblement.Très haut, les étoiles contemplaient calmement le doigt accusateur de la tour pointé vers le ciel, comme pour reprocher leur indifférence envers la sauvagerie qui régnait sur la terre entière.

L'immeuble se dressait tel une tour de conte de fée sertie de joyaux. Seul au cœur d'un paysage sauvage d'arbres et de rivières, il le dominait de sa beauté étrange : argenté sous la lune, illuminé de l'intérieur en un ensemble de gemmes brillantes, il se tenait immobile et calme.

Arthur, tenant sa modeste lampe par le bas, ressentit alors sa propre insignifiance comme jamais auparavant. Il se demanda ce que les Indiens devaient penser. Il savait qu'il devait y avoir des centaines d'yeux rivés sur l'étrange spectacle... fixant avec une terreur profonde ou un respect superstitieux cet étrange visiteur apparu sur leur territoire de chasse.

Minuscule silhouette, tel un nain devant l'immeuble dont il contournait la base, Arthur fit lentement le tour de l'imposant bâtiment. La terre ne semblait pas avoir été affectée par le poids prodigieux de la tour.

Arthur savait cependant que de longs piliers en béton plongeaient profondément dans la roche. Ceux-là même qui avaient sombré dans la Quatrième Dimension, emportant l'immeuble avec eux...

Au moment de la construction de la Metropolitan, Arthur avait étudié ses plans avec grand intérêt. C'était une performance technique impressionnante et dans les périodiques spécialisés dont l'épluchage faisait partie de son travail, une place importante avait été consacrée à l'immeuble et aux méthodes de sa construction.

Tout en examinant minutieusement le sol, il peaufinait sa théorie sur la cause de la catastrophe. Toute la structure avait dû sombrer en même temps, sinon elle aussi se serait désintégrée, comme les autres immeubles avaient paru le faire. Mentalement, Arthur comparait la plongée de la tour dans les océans du temps à un ascenseur descendant devant les différents étages d'un immeuble de bureaux. Tout autour d'eux, les autres gratte-ciels de New York avaient semblé disparaître. Dans un ascenseur, les étages que l'on dépasse semblent monter.

Poussant son analogie à sa conclusion logique, Arthur en déduisit que la tour n'avait pas plus de raisons de se désintégrer au fur et à mesure que les édifices qu'elle dépassait semblaient le faire que l'ascenseur d'un immeuble de bureau n'aurait de raison de paraître monter car ce qui l'entourait semblait le faire.

Il savait bien que l'intérieur de l'immeuble était désormais en proie à d'étranges émotions. De singuliers courants de panique se propageaient, jetant les gens de ci de là, comme des feuilles agitées par une rafale de vent. Pourtant, derrière tous ces flux d'angoisse, une résolution prenait rapidement corps, activée par l'évidence croissante de la nécessité pour tout le monde de se mettre au travail.

Des hommes étaient en cet instant même occupés à déplacer tous les meubles confortables disponibles vers un seul des étages pour y loger les femmes. Les hommes, eux, dormiraient par terre pour le moment. Des lits de branches pourraient être improvisés dès le lendemain. Le matin suivant, à l'aube, de nombreux hommes partiraient vers les cours d'eau pour pêcher, protégés par d'autres. Tous seraient sans doute effrayés, mais une farouche résolution finirait par pointer son nez sous la peur. Pendant ce temps-là, d'autres hommes battraient la campagne pour chasser.

Il était peu probable de voir les Indiens s'approcher pendant quelques jours mais, lorsqu'ils viendraient, Arthur comptait éviter les hostilités par tous les moyens possibles. Les Indiens auraient peur de leurs étranges visiteurs, et il ne devrait pas être difficile de les convaincre qu'il était plus prudent pour eux de se montrer amicaux, même s'ils éprouvaient des sentiments hostiles.

Le problème le plus pressant restait la nourriture. Ils étaient deux mille personnes dans l'immeuble, des citadins pas accoutumés aux privations et qui ne sauraient endurer ce que des gens plus primitifs n'auraient eu aucune peine à maîtriser.

Il fallait les nourrir, mais d'abord il fallait leur apprendre à se nourrir. Les pêcheurs y contribueraient, mais Arthur pouvait seulement espérer d'eux qu'ils se montrent à la hauteur de la situation. Il ignorait ce qu'il fallait attendre d'eux. Il ne comptait guère sur les chasseurs. Les Indiens étaient des chasseurs efficaces et le gibier serait donc farouche, sinon rare.

Le grand nuage d'oiseaux vu au crépuscule était source d'espoir. Arthur se souvenait vaguement d'histoires de grandes nuées de pigeons ramiers qui avaient été exterminées, comme les bisons l'avaient été eux aussi. Plus il y réfléchissait, plus le souvenir se précisait.

Ils avaient volé en nuées immenses qui obscurcissaient presque le ciel. Au dix-neuvième siècle, jusqu'à la fin des années 1840, ils avaient été une importante source de nourriture, inondant le marché à certaines saisons de l'année.

Or Estelle avait dit que les oiseaux qu'il avait vus au crépuscule étaient des pigeons. Peut-être était-ce là une de ces fameuses grandes nuées. Si c'était vraiment le cas, le problème de la nourriture serait bien moins grave, à condition bien sûr de trouver un moyen de les attraper. La quantité de munitions était très limitée dans la tour, et il n'y aurait pas assez de cartouches pour tous les oiseaux nécessaires, bien loin de là. Il fallait mettre au point de grands pièges, ou peut-être pourrait-on produire de la glu à oiseaux. Arthur prit mentalement note de demander à Estelle si elle avait des connaissances en matière de glu.

Un vague bourdonnement, d'intensité variable, parvint à ses oreilles. Il écouta un moment avant d'identifier le son du vent jouant sur les surfaces irrégulières de la tour. Un son noyé par la multitude d'autres bruits en ville et qu'Arthur pouvait entendre clairement ici.

Tendant un moment l'oreille, il fut surpris par le nombre de sons nocturnes qu'il pouvait entendre. À New York, il s'était fermé aux bruits de fond par simple réflexe de protection. Quelque part, il entendit le gargouillis d'une petite source. À cette idée, il se souvint de la description d'Estelle du grondement sourd qu'elle avait entendu.

Il posa sa main sur la pierre froide de l'immeuble. Il y avait toujours une vibration dans la pierre, plus faible qu'auparavant, mais toujours perceptible.

Il s'écarta de la pierre et leva les yeux vers le ciel qui semblait scintiller d'étoiles, de bien plus d'étoiles qu'Arthur n'avait jamais pu en admirer en ville, et plus encore qu'il n'en avait jamais rêvé.

Tout à coup, sous ses yeux, un nuage sembla voiler une portion des cieux. Les étoiles étaient toujours bien là mais clignotaient maintenant d'une singulière manière.

Arthur observa le phénomène avec une perplexité croissante. Le nuage se déplaçait très vite. Si mince qu'il semblât être, il aurait dû être argenté sous la clarté lunaire, mais le ciel était nettement plus sombre là où il passait. Le nuage avança vers la tour et sembla en obscurcir la section supérieure. Un mouvement confus apparut par endroits. Des sortes de volute s'écartaient de la tour illuminée puis revenaient rapidement en fonçant vers elle.

Arthur entendit un léger tintement, puis un frottement musical qui s'intensifia. Un faible cri résonna, puis un autre. Le tintement devint un son de verre fracassé, et le frottement devint celui des morceaux brisés qui rebondissaient contre les flancs de la tour dans leur chute.

Un nouveau cri se fit entendre. Le hurlement d'effroi d'une femme. Un corps mou heurta le sol à moins de trois mètres d'Arthur, puis un autre, et un autre...

XI

Arthur pressa le garçon d'ascenseur d'accélérer. Ils remontaient la tour aussi rapidement que possible, mais pas assez vite. Lorsqu'ils atteignirent enfin l'étage où semblait se concentrer la panique, la cabine frémit en s'immobilisant, et Arthur se rua dans le couloir.

Une demi-douzaine de sténographes apeurées se tenaient là, blotties les unes contre les autres.

– Qu'est-ce qui se passe ? jeta Arthur.

Des hommes accouraient des autres étages pour voir, eux aussi, quel était le problème.

– Les... les fenêtres se sont brisées, et... quelque chose a volé vers nous ! hoqueta l'une des femmes.

Il y eut un fracas dans le bureau voisin, déclenchant de nouveaux cris.

Arthur sortit un revolver de sa poche et s'avança vers la porte. Il l'ouvrit à la volée, entra et la claqua derrière lui. Dans le couloir, les autres attendirent, aux aguets.

Un silence tendu s'installa. Les femmes semblaient de plus en plus apeurées. Les hommes piétinaient, mal à l'aise, et échangeaient des regards gênés. Van Deventer arriva à son tour sur les lieux, un peu essoufflé par sa course.

La porte se rouvrit, laissant passer Arthur. Il tenait quelque chose dans ses mains. Il avait rangé son revolver et paraissait quelque peu ridicule, mais visiblement ravi.

– Le problème de la nourriture est réglé ! lança-t-il d'un ton joyeux. Regardez-moi un peu ça !

Il tendit l'objet qu'il portait. C'était un oiseau, une sorte de pigeon. Il avait l'air assommé, mais lorsque Arthur le souleva, il remua, puis se débattit et, un instant plus tard, agita follement les ailes pour tenter de fuir.

– C'est un pigeon ramier, fit Arthur. Ils doivent parfois voler après le crépuscule. Une grande nuée est arrivée sur la tour, et ils ont été éblouis par les lumières. Ils ont brisé pas mal de fenêtres, certes, mais beaucoup ont percuté la maçonnerie et ont été assommés. J'étais à l'extérieur de la tour, et au moment où je suis entré en courant, ils ont du tomber au sol par centaines. J'ignorais alors ce que c'était, mais si nous attendons encore une vingtaine de minutes, je pense que nous pourrons sortir pour récolter notre souper, et le petit-déjeuner, et plusieurs autres repas, tout ça en une seule fois.

Estelle, tout juste arrivée, tendit alors les mains vers l'oiseau.

– Je m'occupe de celui-ci, dit-elle. Ne serait-ce pas une bonne idée de voir s'il n'y en a pas d'autres assommés dans les bureaux voisins ?

Une demi-heure plus tard, les fourneaux électriques du restaurant fonctionnaient à plein régime. Des hommes, à présent joyeux et excités, apportaient des pigeons par brassées, et d'autres les écorchaient. Il n'y avait pas le temps de les plumer, même si bon nombre des femmes s'activaient à le faire.

Sitôt les oiseaux cuits, ils étaient servis aux naufragés impatients mais réconfortés. En peu de temps, chaque occupant des lieux se promena tranquillement dans les couloirs, un pigeon rôti, grillé ou frit à la main. Les fours rôtissaient des pigeons, d'autres étaient frits à la poêle, et les grills étaient dévoués aux oiseaux plus petits et tendres.

Cette solution inattendue au plus urgent des problèmes eut un effet stupéfiant sur le moral de chacun. Bien des gens avaient encore peur, mais moins qu'auparavant. Nombre d'entre eux étaient toujours tourmentés d'inquiétude pour leurs familles, mais une fois disparu le spectre d'une famine immédiate, ils semblaient désormais penser que les autres problèmes à venir seraient également résolus, et de manière tout aussi satisfaisante.

Arthur était retourné dans son bureau avec quatre pigeons grillés dans une feuille de papier d'emballage. Comme il l'avait plus ou moins espéré, Estelle s'y trouvait elle aussi.

– J'ai pensé à apporter le dîner, annonça-t-il. Avez-vous faim ?

– Une faim de loup ! répondit Estelle en riant.

Toute cette catastrophe commençait à devenir une aventure. Elle s'empressa de croquer un oiseau. Arthur entama tout aussi voracement un autre. Un bon moment, aucun ne prononça un mot. Mais, finalement, Arthur pointa la cuisse de son second pigeon vers son bureau.

– Regardez qui nous avons là ! dit-il.

Estelle hocha la tête. Le pigeon assommé qu'Arthur avait ramassé en premier était attaché par une patte à un presse-papier.

– Je me suis dit que nous pourrions le garder en souvenir, suggéra-t-elle.

– Vous semblez bien certaine de notre retour, on dirait, remarqua Arthur. C'est un vrai coup de chance que ces sacrés oiseaux soient passés par là. Ils ont merveilleusement remonté le moral des gens !

– Je savais bien que vous réussiriez, d'une manière ou d'une autre… ! fit Estelle, confiante.

– Que je réussirais ? répéta Arthur, souriant. Qu'ai-je donc fait ?

– Mais vous avez tout fait ! affirma énergiquement Estelle. Vous avez pris les commandes dès le départ, et vous allez nous ramener chez nous.

Arthur esquissa un sourire, puis son visage se fit un peu plus sérieux.

– J'aimerais en être aussi sûr que vous, dit-il. Mais je pense que tout finira bien pour nous... Tôt ou tard.

– Moi j'en suis sûre, déclara Estelle avec conviction. En fait, vous...

– En fait, je… quoi ? s'enquit encore Arthur.

Il se pencha sur sa chaise et regarda Estelle

dans les yeux. Elle leva la tête, croisa son regard et bredouilla.

– Vous... vous faites des choses, conclut-elle maladroitement.

– Et je suis tenté de faire quelque chose en cet instant... dit Arthur. Écoutez-moi, Miss Woodward. Vous êtes mon employée depuis trois ou quatre mois. Durant tout ce temps, vous ne m'avez jamais adressé que les plus impersonnels des propos. Pourquoi ce soudain changement ?

Le pétillement surgi dans ses yeux dépouillaient ses paroles de toute impertinence.

– Eh bien, en vérité... en vérité, je suppose que je ne vous avais jamais vraiment prêté attention avant, fit Estelle.

– Je vous en prie, prêtez-moi attention désormais, dit Arthur. Je vous avais prêté attention, moi. Je n'ai pratiquement rien fait d'autre que ça.

Estelle rougit encore. Elle tenta de croiser le regard d'Arthur et échoua. Elle mordit alors désespérément dans son pigeon, tentant d'imaginer quoi répondre d'intelligent.

– Lorsque nous reviendrons, poursuivit Arthur avec un air songeur, je n'aurai plus rien à faire... ni travail, ni rien. Je serai fauché et chômeur.

Estelle secoua vigoureusement la tête. Arthur n'y fit pas attention.

– Estelle, dit-il, souriant, aimeriez-vous être au chômage avec moi ?

Estelle s'empourpra.

– Je ne suis pas un grand modèle de réussite,

poursuivit tranquillement Arthur. Je crains ne pas être un candidat très sérieux comme mari. Je suis plutôt un bon à rien et un paresseux !

– Que non ! lança Estelle. Vous êtes... vous êtes...

Arthur tendit les bras et la prit par les épaules.

– Oui ? demanda-t-il.

Elle ne voulut pas le regarder, mais elle ne s'écarta pas. Il la tint ainsi un moment.

– Je suis quoi ? demanda-t-il encore.

Il se retrouva à lui embrasser le bout des oreilles. Elle avait enfoui son visage contre son épaule.

– Je suis quoi ? répéta-t-il cette fois avec autorité.

Elle avait la voix étouffée par sa veste.

– Vous êtes... vous êtes adorable ! fit-elle.

Il se passa environ une minute et demi, puis elle le repoussa.

– Non ! fit-elle dans un souffle. Je vous en prie, non !

– Vous ne voulez pas m'épouser ? demanda-t-il.

Toujours empourprée, elle hocha timidement la tête.

– Je vous en prie, non ! protesta-t-elle.

Elle caressa les revers de sa veste, heureuse de sentir ses bras autour d'elle.

– Pourquoi ne puis-je vous embrasser si vous voulez m'épouser ? s'enquit Arthur.

Elle leva les yeux vers lui, avec un air de Sainte

Nitouche.

– Vous... vous avez mangé du pigeon, lui dit-elle avec un faux air sérieux. Et... et votre bouche est toute graisseuse !

XII

On était deux semaines plus tard. Estelle contemplait le paysage sauvage, à présent familier. S'il n'avait pas été modifié dans le lointain, à proximité de la tour, bien des choses avaient changé.

Un sentier dégagé traversait les bois jusqu'au bord de l'eau, et un radeau en rondins était ancré sur le fleuve à des dizaines de mètres de la rive.

Les deux grands côtés du radeau étaient occupés par des pêcheurs affairés... Des hommes, mais aussi des femmes. Un peu au nord du pied de l'immeuble, un énorme monticule de terre émettait une fumée maussade. Le charbon de la cave s'étant épuisé, le charbon de bois se trouvait être le meilleur substitut qu'ils pussent improviser. Le monticule marquait l'emplacement où le charbon de bois était désormais fabriqué.

C'était un travail tuant que de nourrir les feux avec du charbon de bois, car celui-ci brûlait très vite en raison du puissant tirage des chaudières. Mais à l'équipe originelle de la chaufferie s'étaient ajoutées des recrues multipliant plusieurs fois son effectif, et le travail était partagé au point qu'il ne paraissait en fin de compte plus si dur que ça.

Sous les yeux d'Estelle, deux petits personnages

sortirent au trot des bois, traversant la clairière en portant un lourd animal entre eux. L'un utilisait un fusil comme canne. Estelle vit l'éclat du soleil sur son canon en métal poli.

Il y avait nombre d'Indiens dans la clairière, observant avec de grands yeux les activités des Blancs. Des douzaines de canoës en écorce de bouleau constellaient l'Hudson, chacun avec sa cargaison de pêcheurs, travaillant avec diligence pour les naufragés de la tour. Il avait été difficile de surmonter la peur chez les Indiens. Ils portaient toujours un respect superstitieux aux Blancs mais des échanges équitables, associés à une capacité sans faille à se défendre, avaient permis à Arthur d'établir un système de troc pour la nourriture qui s'était jusqu'ici avéré satisfaisant.

Les Blancs avaient découvert que les ampoules électriques de rechange étaient une monnaie précieuse pour commercer avec les hommes rouges. Les peintures aussi étaient fort prisées. Il ne restait pas un tableau accroché dans un des bureaux. Les coupe-papiers en métal valaient d'énormes quantités de nourriture auprès des enthousiastes marchands indiens, et on racontait souvent dans la tour qu'Arthur avait reçu huit canoës chargés de maïs et de légumes en échange d'une machine à écrire cassée. Nul n'imaginait ce que les sauvages voulaient faire de la machine à écrire mais ils l'avaient emportée avec triomphe.

Estelle sourit tendrement en se souvenant qu'Arthur avait été le moteur des innombrables entreprises dans lesquels les naufragés avaient dû se lancer. Il venait la voir dès qu'il avait dix minutes de temps libre et lui racontait comment tout progressait. Il avait l'air singulièrement gamin dans ces moments-là.

Parfois, il arrivait tout droit de la chaufferie —il insistait pour participer aux tâches les plus ardues— s'étant débarbouillé en hâte pour paraître devant elle, lui volait un bref baiser, puis repartait en riant pour aider à abattre des arbres destinés à un autre grand radeau de pêche.

Il avait expliqué comment fabriquer du charbon de bois, avait tenu un rôle majeur pour établir et maintenir des relations amicales avec les Indiens, et il était à présent au dernier sous-sol, travaillant avec un groupe de volontaires pour tenter de ramener l'immeuble là où il était avant.

Estelle avait dit, après l'effondrement du sol de la salle de conférence, qu'elle entendait un son évoquant le grondement des eaux. En examinant le sol où se situait la chambre-forte,

Arthur avait découvert qu'il s'était soulevé de deux centimètres. Partant de ces faits, il avait échafaudé sa théorie. L'immeuble, comme tous les gratte-ciels modernes, reposait sur des piliers en béton s'enfonçant dans la roche. Au cœur d'un de ces piliers, se trouvait un tube creux destiné à l'origine à servir de puits artésien. Mais le flux s'était révélé insuffisant et le puits avait été bouché.

En tant qu'ingénieur, Arthur avait étudié la construction de l'immeuble avec une grande attention, et il se souvenait que ce pilier en partie creux était le plus proche de la chambre-forte.

L'effondrement du sol de la salle de conférence avait suggéré qu'un changement s'était produit dans l'immeuble même, ce qui s'était confirmé quand Arthur s'était aperçu que la chambre-forte s'était effectivement soulevée de deux centimètres.

Il avait fait aussitôt la relation entre l'élévation du sol au-dessus du pilier creux et le tube que contenait ce dernier. Estelle avait entendu des bruits de liquide. De l'eau s'était donc de toute évidence engouffrée dans le tuyau artésien sous l'effet d'une incroyable pression au moment de la catastrophe.

D'après les grondements et la rapidité de la catastrophe, il était évident qu'une activité volcanique ou sismique était derrière tout ça. Le lien entre cette action et un afflux d'eau suggérait un geyser ou une sorte de source chaude qui avait quitté ses limites habituelles un peu plus tôt, mais avec une pression suffisante pour empêcher l'accident jusqu'à l'interruption de son flux.

À ce moment-là, l'immeuble avait rapidement sombré. Quant à savoir pourquoi et comment il avait « glissé » dans la quatrième direction —la Quatrième Dimension— Arthur n'avait pas d'explication à proposer. Il savait simplement que, d'une manière mystérieuse, un échappement de la pression s'était développé et que la tour avait suivi la source dans sa chute à travers le temps.

Le seul changement apparent dans l'immeuble s'était produit au-dessus de l'unique pilier en béton creux. Ce qui semblait indiquer que, si l'on devait accéder à la source mystérieuse et seulement théorique jusqu'ici, ce serait par ce pilier. Tant que la chambre-forte restait anormalement surélevée, Arthur pensait qu'il y avait toujours de l'eau soumise à une pression terrible dans le tuyau. Il n'osait pas tenter de percer ce dernier tant que la pression n'avait pas diminué.

Au bout d'une semaine, il constata que la chambre-forte reprenait lentement sa place. Lorsque son retour à la normale fut achevé, Arthur prit le risque de percer un trou pour atteindre le tube à l'intérieur du pilier en béton.

Ainsi qu'il l'avait soupçonné, il trouva effectivement de l'eau dans le pilier, une eau dont la nature soufrée et minérale lui confirma qu'un geyser plongeant dans les entrailles de la terre, aussi bien que dans le domaine du temps, était à l'origine de l'extraordinaire escapade de la tour.

Les geysers étaient encore loin de s'expliquer de manière satisfaisante. Nombre de leurs caprices restent incompréhensibles. On connaissait cependant certains facteurs qui les affectent, l'un d'eux étant que les « savonner » stimulait leur flux de manière extraordinaire.

Arthur se proposait donc de « savonner » ce mystérieux geyser au moment où le réveil de son flux ferait remonter le gratte-ciel fugitif jusqu'à l'époque d'où l'interruption du flux l'avait fait tomber.

Il fit ses préparatifs avec minutie. S'il s'attendait, confiant, la réussite de son plan et de voir le gratte-ciel dominer à nouveau le centre de New York comme de coutume, il ne laissa pas les pêcheurs et les chasseurs relâcher leurs efforts pour autant. Ceux-ci travaillaient comme à l'accoutumée, tandis que dans les tréfonds du sous-sol de l'immeuble colossal, Arthur et ses volontaires déployaient, eux, tous leurs efforts.

Ils durent percer le pilier en béton jusqu'à atteindre sa partie creuse. Puis, lorsque la présence d'eau dans le tuyau eut confirmé la théorie d'Arthur, ils durent préparer leur « charge » de liquides savonneux supposés réveiller l'activité du geyser.

De grandes quantités du savon employé par les femmes de ménage pour récurer les étages furent bouillies dans de l'eau jusqu'à obtenir une matière sirupeuse. Il fallut alors s'équiper du matériel adéquat pour introduire rapidement celle-ci dans le pilier creux, puis refermer le trou et le renforcer pour qu'il résiste à une pression sans égale dans la science hydraulique.

Arthur se disait que le liquide savonneux suivrait le pilier creux jusqu'au geyser même, où il agirait pour rendre au flux affaibli son ancienne puissance. Lorsque cela se produirait, il pensait que l'immeuble regagnerait, aussi vite et sûrement qu'il était parti, les temps modernes...

Le téléphone sonna dans son bureau et Estelle répondit. C'était Arthur. Un signal invitait tous les naufragés à abandonner leurs diverses occupations extérieures pour regagner l'immeuble. On allait savonner le geyser.

Estelle voulait-elle venir voir ? Oh, que oui ! Elle resta dans le hall principal tandis qu'affluaient les gens excités et pleins d'espoir. Une fois le dernier d'entre eux rapatrié, les portes furent fermées le plus solidement possible. À l'extérieur, quelques Indiens amicaux contemplaient avec perplexité l'agitation des mystérieux étrangers blancs.

Les Blancs, riant d'excitation, se mirent à adresser des signes de main aux Indiens. Des adieux prématurés.

Estelle descendit à la cave. Arthur attendait son arrivée. Van Deventer se trouvait tout près, en compagnie des membres souriants et crasseux de l'équipe des volontaires d'Arthur. Le pilier en béton massif se dressait au centre de la cave. Une grosse chaudière à vapeur était reliée à un mince tuyau qui plongeait au cœur de la masse de béton. Arthur s'apprêta à propulser le liquide savonneux dans le pilier creux grâce à la vapeur.

À son signal, la vapeur se mit à siffler dans la chaudière. La vapeur bouillante de la chaufferie chassa le sirop savonneux de la chaudière par le petit tuyau en fer jusqu'à l'orifice menant au geyser, dans les entrailles de la terre. Plus de vingt mille litres furent propulsés dans l'ouverture en l'espace de seulement trois minutes.

L'équipe d'Arthur se mit au travail avec la hâte du désespoir. Rapidement, ils retirèrent le tuyau en fer et insérèrent un long bouchon en acier, soigneusement forgé dans une barre de métal plein. Puis, ceignant le colossal pilier en béton, des anneaux en métal furent fixés, l'un après l'autre, pour maintenir le bouchon en place.

La dernière de ces sécurités était à peine verrouillée qu'Estelle tendit l'oreille.

– J'entends un grondement, dit-elle calmement.

Arthur tendit le bras et posa sa main sur la masse en béton.

– Ça frémit ! annonça-t-il tout aussi calmement. Je pense que nous allons être très bientôt en route !

Le groupe se rua vers les escaliers pour observer le panorama tandis que le gratte-ciel fugitif s'apprêtait à remonter les millénaires vers l'époque qui l'avait bâti comme un monument du commerce moderne...

Arthur et Estelle rejoignirent le sommet de la tour. Dans le bureau d'Arthur, ils regardèrent par la fenêtre avec enthousiasme et ressentirent le léger frisson lorsque la tour se mit en mouvement. Estelle leva les yeux vers le soleil et le vit modifier sa course vers l'ouest.

La nuit tomba. Les bruits du soir se firent aigus et stridents, puis semblèrent totalement cesser.

En très peu de temps, il fit de nouveau jour, et le soleil fila dans le ciel. Il se coucha prestement et revint presque aussitôt par l'est. Son trajet devint une course effrénée. Couché derrière les collines et levé à l'est. Couché à l'ouest, levé à l'est. Couché et levé... Le clignotement commença. La course vers les temps modernes avait débuté !

À la fenêtre, Arthur et Estelle contemplaient le soleil qui filait de plus en plus vite dans le ciel jusqu'à devenir une simple traînée de lumière, se mouvant d'abord à droite puis à gauche tandis que défilaient les saisons.

Le bras d'Arthur enveloppant ses épaules, Estelle contemplait l'incroyable paysage, tandis que jours et nuits, hivers et étés, tempêtes et accalmies de mille ans s'abîmaient devant eux dans un passé irrévocable.

Bientôt, Arthur l'attira vers lui et l'embrassa. Les jours et les années défilaient si vite que, le temps de l'embrasser, trois générations étaient nées, avaient grandi, engendré des enfants et s'étaient éteintes !

Estelle, blottie dans les bras d'Arthur, ne songeait pas à de si futiles détails. Elle lui enlaça le cou et l'embrassa, tandis qu'au dehors les années défilaient dans l'indifférence.

*

Bien sûr, tout le monde sait que l'immeuble arriva sans encombre précisément à l'heure, à la minute et à la seconde où il était parti, si bien que, quand les gens apeurés et excités s'en déversèrent pour se planter dans Madison Square et s'assurer que le monde s'était remis à l'endroit, leur conduite hilare et incompréhensible fit croire aux passants qu'une folie contagieuse s'était déclarée dans la tour.

Il fallut des jours avant que l'on crut à l'histoire des deux mille revenants, mais dès qu'elle fut enfin acceptée comme ayant été bien réelle, d'éminents savants étudièrent alors l'affaire en détails.

Il y eut un assez singulier épisode lié au voyage du gratte-ciel fugitif : un certain Isidore Eckstein, négociant en bijoux fantaisie, et dont le bureau était dans la tour disparue dans le passé, intenta un procès devant les tribunaux des

États-Unis contre tous les propriétaires terriens de l'île de Manhattan... Il semble que, durant les deux semaines du séjour de la tour en contrée sauvage, Eckstein avait commercé de son côté avec un des chefs indiens et, en échange de deux colliers en perles de culture, seize bagues et un dollar en monnaie, avait reçu un titre de propriété pour toute l'île. Il soutient donc que son acte est un document juridique précédant toute autre vente.

Juridiquement parlant, il a sans doute raison, car son acte a été signé avant la découverte de l'Amérique. Les tribunaux, cependant, délibèrent encore de la question aujourd'hui... avec une grande perplexité.

Eckstein reste certain qu'en fin de compte sa requête sera acceptée et qu'il sera reconnu comme l'unique propriétaire immobilier de l'île de Manhattan, avec tous les occupants des immeubles et des terrains lui payant un loyer foncier à un taux qu'il fixera lui-même. En attendant, et bien qu'on soit en train de renforcer les fondations afin que la catastrophe ne puisse se répéter, son bureau est rempli à ras bord d'articles convenant au commerce avec les Indiens. Si la tour entreprenait par hasard un autre voyage dans le temps, Eckstein espère bien en profiter pour devenir sans contestation un propriétaire terrien d'importance...

Pas moins de quatre-vingt-sept livres ont été écrits par des membres des fameux deux mille, décrivant leur voyage dans les contrées reculées du temps. Arthur, lui qui serait à même traiter le sujet avec plus d'intelligence que tout autre, est en fait tellement occupé qu'il ne peut se lancer dans un tel projet.

Deux tâches fort importantes l'occupent à plein temps. La première est, bien sûr, de renforcer les fondations de l'immeuble afin qu'une répétition de la catastrophe ne puisse se produire. L'autre est de convaincre sa femme Estelle qu'elle est la personne la plus adorable de l'univers. Il trouve que cette dernière tâche est la plus difficile des deux, car de son côté, celle-ci soutient que c'est *lui* la personne la plus adorable en question...

BIBLIOGRAPHIE FRANÇAISE DE MURRAY LEINSTER

– « Sauvetage » («? »), in *Ric et Rac* n°525 du 29 mars 1939. Sous le nom de Will F. Jenkins.

– « Invasion » (« Invasion », *Astounding Stories of Super Science*, mars 1933), in *Anticipations* n°5, du 25 novembre 1945, Belgique. Sous le nom de John Bolton, uniquement dans cette édition en français.

– ASSASSINAT DES ÉTATS-UNIS (« The Murder of the USA », Crown Publishers, USA, 1946), Hachette/Gallimard,

« Le Rayon Fantastique » n°1, 1951. Sous le nom de Will Jenkins.

– « Un grand homme de chien » (« Propagandist », *Astounding Science Fiction*, août 1947), in *France Dimanche* n°282 du 20 janvier 1952.

– LE DERNIER ASTRONEF (« The Last Spaceship », Frederick Fell, USA, 1949, fix-up de trois nouvelles publiées dans *Thrilling Wonder Stories* : « The Disciplinary Circuit » (Hiver 1946), « The Manless Worlds » (février 1947) et « The Boomerang Circuit » (juin 1947) aux USA), Hachette/Gallimard, « Le Rayon Fantastique » n°18, 1953.

– « Les sentimentaux » (« The Sentimentalists »,

Galaxy Science Fiction, avril 1953), in *Galaxie 1ère Série* n°5, avril 1954, réédité sous le titre de « Lune de miel sur Cetis Gamma Neuf », OPTA, *Galaxie-bis* n°49/142, 1976.

– « L'autre à-présent » (« The Other Now », in *Galaxy Science Fiction*, mars 1951, USA), in *Galaxie 1ère Série* d'août 1954, réédité sous le titre de « L'autre temps », OPTA anthologie *Marginal* n°2, *Trésors et pièges du temps*, 1974.

– « Allô, Sam ? Ici toi-même ! » (« Sam, this is You », in *Galaxy Science Fiction*, mai 1955, USA), in *Galaxie 1ère Série* n°21, août 1955, réédité sous le titre de « Allô, Sam ? Ici Sam ! », OPTA, anthologie *Marginal* n°14, *Voyageurs de l'éternité et couloirs du temps*, 1977.

– « Si vous étiez un Moklin » (« If You Was a Moklin », *Galaxy Science Fiction*, septembre 1951), in *France Dimanche* n°292, 30 mars 1952, réédité in *Galaxie 1ère Série* n°22, septembre 1955 et in OPTA anthologie *Marginal* n°3, *Ceux d'Ailleurs*, 1974.

– LES VOLEURS DE CERVEAUX (« The Brain-Stealers », Ace Books, USA, 1954), Fleuve Noir « Anticipation » n°66, 1956.

– L'AUTRE CÔTÉ DU MONDE (« The Incredible Invasion », in *Astounding Stories*, en 5 épisodes d'août à décembre 1936, USA retiré en volume en 1955 par Ace Books, USA, « The Other Side of Here »), in Fleuve Noir « Anticipation » n°116, 1958, réédité par Marabout, Belgique, « Poche 2000 » n°9, 1974.

– LA GALAXIE NOIRE (« The Black Galaxy »,

in *Startling Stories*, mars 1949, USA), in *Satellite* « les cahiers de la Science Fiction » n°3, 1958, réédité in *Satellite Sélection* n°13, 1958 et par La Librairie des Champs-Elysées « Le Masque Science Fiction » n°4, 1974.

– OPÉRATION ESPACE (« Operation : Outer Space », Fantasy Press, USA, 1954), Fleuve Noir « Anticipation » n°120, 1958.

– « Dans la jungle » (« Death in the Jungle », in *The Saint Detective Magazine*, juin 1958, USA), in *Le Saint détective magazine* n°53, juillet 1959.

– « Mission anthropologique » (« Anthropological Note », *F&SF*, avril 1957), in *Fiction* n°69 d'août 1959.

– « L'assassin... c'est lui » (« Killing in Chanco Lane », in *The Saint Detective Magazine*, septembre 1958, USA), in *Le Saint détective magazine* n°58, décembre 1959. Sous le nom de Will F. Jenkins.

– SABOTAGE SUR LA LUNE (« City on the Moon », Avalon Books, USA, 1957), Ditis « Science-Fiction » n°179, 1960.

– LA PLANÈTE OUBLIÉE (« The Forgotten Planet », Gnome Press, USA, 1954, fix-up des nouvelles « The Mad Planet » (*Argosy* du 12 juin 1920, USA), « The Red Dust » (*Argosy All-Story Weekly* du 2 avril 1921, USA) et « Nightmare Planet » (*Science-Fiction Plus* de juin 1953, USA), Ditis « Sience-Fiction » n°189, 1960, réédité par J'Ai Lu « Science-Fiction » 1184 (1981, 1986 et 1992).

– « IIIe édition spéciale » (« Short Story of World War Three », *Astounding Science Fiction*, janvier 1958) in *Satellite* n°40, décembre 1961.

– « Constante solaire » (« Critical Difference », in *Astounding Science Fiction* de juillet 1956, USA), in *Satellite* n°41, février 1962.

– « Sables et Sioux » (« Sand Doom » , *Astounding Science Fiction* de décembre 1955), in *Satellite* n°42, mars 1962.

– « Les meilleurs amis de l'homme » (« Exploration

Team », *Astounding Science Fiction*, mars 1956), in *Satellite* n°43, mai 1962.

– « Entre Charybde et Scylla » (« The Swamp Was Upside Down », *Astounding Science Fiction* de septembre 1956), in *Satellite* n°44/45, juillet 1962.

– « Les robots assassins » (« The Case of the Homicidal Robots », *F&SF* , août 1961, USA), in *Fiction* n°107 , octobre 1962.

– « L'enjeu » (« The Side Bet », in *Collier's*, 31 juillet 1937, USA), in *Alfred Hitchcock présente : Histoires à ne pas lire la nuit*, Robert Laffont, 1963. Sous le nom de Will F. Jenkins.

– « Premier contact » (« First Contact », *Astounding Science Fiction*, mai 1945), in *Fiction Spécial* n°8 : *Astounding 1940-1947 – L'Age d'or de la Science Fiction T1*, OPTA, 1965, réédité in anthologie réunie par Jacques Sadoul *Les Meilleurs récits de Astounding Science-Fiction - 2 : période 1938/1945* , J'Ai Lu « Science Fiction », 1979.

– « Note historique » (« Historical Note », *Astounding Science Fiction*, février 1951), in *Fiction*

Spécial n°9 : Astounding 1947-1951 – L'Age d'or de la Science Fiction T2, OPTA, 1966.

- L'ASTRONEF PIRATE (« Invaders of Space », Berkeley Medallion, USA, 1964), Fleuve Noir, « Anticipation » n° 314, 1967.

- « Tierce planète » (« Third Planet », *Worlds of Tomorrow*, avril 1963), in *Galaxie 2ème Série*, août 1967.

- « Un logic nommé Joe » (« A Logic Named Joe », *Astounding Science Fiction* de mars 1946, USA), in *Fiction Spécial* n° 11, *Chefs- d'œuvre de la Science-Fiction*, 1967, réédité sous le titre de « Un logique nommé Joe » dans l'anthologie *Histoires de machines*, Le Livre de Poche n°3768 « La grande anthologie de la Science Fiction » (1974, 1975, 1976 et 1985), dans l'anthologie *Demain les puces*, réunie par Patrice Duvic, Denoël « Présence du Futur » n°421 (1986 et 1996) et, séparément, par Le Passager Clandestin « Dyschroniques » n°3, 2013.

- « Les ennemis naturels » (« Doctor », *Galaxy Magazine*

de février 1961, USA), in *Galaxie-bis* n°11/62, 1969, OPTA.

- « L'étrange cas de John Kingman » (« The Strange Case of John Kingman », *Astounding Science Fiction*, mai 1948, USA), in anthologie *Histoires d'extraterrestres*, Le Livre de Poche n°3763 « La grande anthologie de la Science Fiction » (1974, 1975, 1976, 1978, 1984, 1986 et 1997).

- LE SEIGNEUR DES UFFTS (« Lord of the

Uffts », *Worlds of Tomorrow*, février 1964, USA), en trois épisodes in *Galaxie 2ème Série* n°155, 156 et 157 de mai, juin et juillet 1977.

– « La Puissance » (« The Power », *Astounding Science Fiction*, septembre 1945, USA), in anthologie *Histoires d'envahisseurs*, Le Livre de Poche n°3779 « La grande anthologie de la Science Fiction » (1983, 1984 et 1986).

– « Le gratte-ciel fugitif » (« The Runaway Skyscraper », *Argosy and Railroad Man's Magazine*, 22 février 1919, USA), in *Dérapages temporels*, L'Oeil du Sphinx/RDN Books, »Vintage Fiction » n°3, 2020.

LE DÉMON DE LA MER OCÉANE
par
Philip M. Fisher, Jr

Philip M. Fisher, Jr, né en 1891 et mort en 1973, a vécu toute sa vie en Californie, à Oakland, comté d'Alameda. Diplômé de l'Université de Californie à Berkeley en 1913, il servit comme officier subalterne dans l'US Navy au cours de la Première Guerre Mondiale puis en Orient avant de se lancer dans la politique locale, tout en travaillant pour la presse comme journaliste et comme cadre.

À l'image de Francis Stevens à la même époque, Philip M. Fisher Jr fut un auteur à la carrière météoritique mais brillante au sein de la chaîne de pulps de chez Munsey.

Quasiment toute l'œuvre de Fisher, composée d'une trentaine de nouvelles et d'un roman, se situe entre 1917 et 1924, dans Argosy, All Story Weekly, Argosy All-Story Weekly *et* Munsey's Magazine.

Par la suite, il ne publiera plus que deux longues nouvelles en 1935 (SF) et en 1951 (aventure maritime) et son roman, Vanishing Ships *(préoriginale sous le titre de* The Radio Wreckers, Holland Magazine, *1925-26), une histoire de guerre et de complot ennemi en haute mer, sera édité en volume en 1943 dans une version un peu condensée. Aucun de ces texte ne retrouvera la vivacité et l'imagination de la plupart de ceux de l'époque Munsey...*

De toute évidence, le passage dans la marine de Philip M. Fisher Jr a constitué pour lui une source d'inspiration constante par la suite. Mais en 2013, j'ai eu la surprise de découvrir en épluchant des microfilms sur internet que Philip M. Fisher Jr avait publié un autre roman d'aventures se déroulant en Chine, avec des éléments fantastiques, Shadow of the Serpent *(en 11 épisodes dans* The American Weekly *du 16 janvier au 3 avril 1927) resté jusque-là inconnu des spécialistes anglo-saxons de l'auteur...*

Comme tant d'autres auteurs importants, il fut une découverte de Robert H. «Bob» Davis (1869-1942), à coup sûr un des plus brillants rédacteurs en chef du début du siècle. Publiant absolument tous les genres populaires, Davis a pourtant façonné la SF et une bonne partie du fantastique américain d'avant les pulps spécialisés des années 1920. Une de ses spécialités était ce qu'il appelait les «different stories», les histoires surprenantes et inclassables, relevant souvent du fantastique ou de la SF.

Des histoires comme justement en écrivait souvent Philip M. Fisher Jr qui, pour reprendre les mots de Donald A. Wollheim, «pouvait dénicher l'outré dans les endroits les plus inattendus.»

PROLOGUE

Il arrive que des événements du passé recèlent en eux d'étranges signes annonciateurs du présent...

Certains rétorqueront sans doute à cela un : « Ah

oui, Benjamin Franklin a fait passer l'électricité des nuages jusqu'au bout de ses doigts, avec le fil de son cerf-volant... Et maintenant, nous, on a la radio. Bon, oui et alors ? »

Mais telle n'est pas mon interprétation de la chose. Pour reformuler ma pensée, je dirai, et de manière peut-être plus claire, que d'étranges apparitions dans les années passées pourraient être liées à certains événements inhabituels survenus, eux, de nos jours et expliquées par ces derniers.

Ne prenez pas ceci, je vous en prie, pour une offense gratuite au bon sens. J'assume complètement mon propos. Je désire simplement mettre les choses le plus possible au clair, car je souhaite qu'on comprenne la chose avec la même clarté que celle qui s'est imposée à moi, de manière à ce que vous aussi, vous en arriviez à partager mes conclusions.

Il s'est produit d'étranges incidents dans le passé. Tout comme surviennent encore aujourd'hui des événements tout aussi étranges. Or je crois sincèrement qu'il existe une relation précise et explicable entre certains épisodes du passé et d'autres du présent.

Dans les archives de *La Academia de Historia* à Madrid, se trouve un manuscrit, rédigé de main de moine sur du parchemin fragile et jauni par l'âge, qui détaille un de ces événements particuliers du passé. Il fait partie de l'œuvre foisonnante de l'historien Francisco Verdugo de Coloma et porte la date au libellé désuet du *12 de Abril del año 1564*. Il a pour titre *Otra Occurencia Mysteriosa de los*

Mares Occidentales. Et il évoque un exemple typique du genre de phénomènes que je viens d'évoquer, l'exemple typique par excellence, dirai-je même, avec ma conviction personnelle franche et sans réserve.

L'extrait qui suit, une traduction plutôt grossière j'en ai peur, en contient un résumé très pertinent que je veux porter à votre attention.

Lisez-le si le cœur vous en dit puis gardez à l'esprit son histoire sans fioriture au moment où vous passerez à la suite du texte. Et pardonnez-moi si j'insiste en me répétant : je désire vraiment que vous saisissiez le problème posé et que, en fin de compte, vous adoptiez mon point de vue…

*

« … Et c'est ainsi que, gris et menaçant, il se rua sur eux. Un monstre des profondeurs, impétueux avec son grand corps effilé et plus long que celui du plus gros vaisseau de la flotte ; et il s'approcha dans le soleil couchant, prenant par sa terrible sorcellerie plus ou moins l'apparence d'un diabolique vaisseau serpent… avec des yeux luisants et ardents de la tête à la queue, projetant des jets de fumée noire pendant qu'il rugissait avec mépris face aux vaisseaux de Sa Majesté et comme reniflant et mugissant de rage face à cette invasion de son terrain de chasse.

Dans une pieuse supplication, tous tombèrent à genoux en implorant le pardon de la bien-aimée Marie et de Dieu et du Fils de Dieu, et les prêtres leur donnèrent à tous les derniers sacrements puis les exhortèrent à tenter d'abattre ce démon de l'enfer à l'aide des canons. Donc la flotte fit donner toute

Dessin : V. E. Pyles
(in Famous Fantastic Mysteries, avril 1940)

son artillerie, et les prêtres dressés sur les proues et les poupes brandirent leurs crucifix et lancèrent la malédiction de Dieu.

À cet instant le monstre fit une sorte d'écart dans sa course de manière à pointer sa grande tête vers le milieu de la flotte. L'horrible halètement de son souffle traversa les eaux, et une note rauque et intermittente, comme un sanglot, atteignit leurs oreilles. Après quoi les prêtres lancèrent des exhortations, levèrent haut leurs crucifix, et les canons tonnèrent à nouveau.

À ce moment les yeux de feu du démon se refermèrent, et il poussa un cri comme sous le coup de la peur de Dieu. Et pourtant il se précipita encore et encore, fendant la mer et déclenchant vague après vague... Puis il traversa notre flotte, mettant à mal l'agencement de nos galions à grands coups de sa queue, à tel point que le prêtre Francisco de Casceres chuta dans la mer avec son crucifix et disparut de la vue.

Voyant cela tous les hommes tombèrent à genoux et implorèrent pitié, pensant qu'ils étaient irrémédiablement perdus. Et comme par peur du Pouvoir des Pouvoirs, le monstre beugla à nouveau et disparut dans la nuit tombante. Et tous rendirent grâce à Dieu.

Une heure plus tard se produisit une autre visite.

Un grand œil blanc apparut et balaya la surface des eaux comme s'il cherchait quelque chose. Il tomba sur un des galions et se fixa sur lui, se faisant encore plus grand et encore plus aveuglant par la force de son éclat diabolique. Et à nouveau les canons de la flotte crachèrent et cette fois l'œil du monstre s'éteignit.

Bientôt, parmi de terribles feux, le Cristobal fut aperçu en train de se déchirer, et un terrifiant rugissement secoua toute la flotte. L'œil regarda vers l'avant à l'endroit où s'était trouvé le Cristobal puis s'éteignit à nouveau. Se produisit soudain le même rugissement volcanique secouant la mer, et le Maria Nuestra explosa et disparut. Puis un autre navire, puis un autre, et encore d'autres jusqu'à ce que onze des galions de Sa Majesté aient été envoyés par le fond.

Dans les ténèbres, il semblait que la puissance de Dieu n'était rien face à cette chose de Satan et le seul galion resté à flot, celui du vice-amiral de la flotte, et qui transportait l'extraordinaire trésor du Darien, fit taire ses canons et pris la fuite avec l'espoir que Dieu dans sa Miséricorde les sauverait.

Mais l'œil de feu suivit ce dernier, et avec un grand grognement suivit d'un halètement, le monstre réapparut soudainement et cria avec la voix d'un homme parlant un mauvais espagnol qu'il était un ami. Après quoi tous les hommes tombèrent à genoux et le démon des mers, sous l'apparence d'un navire-serpent, s'approcha et se colla bord à bord contre le galion. Un instant plus tard les ponts furent couverts de démons à l'apparence humaine étrangement vêtus dont le nombre atteignait les deux cents. Tous se signèrent, croyant leur dernière heure arrivée. Mais usant du sourire trompeur de Satan, ces esprits du mal à forme d'homme entamèrent une approche amicale ; et nullement impressionné par le courageux prêtre, ils se répandirent comme sous l'injonction d'un ordre préalable dans les différentes parties du galion.

Certains, les armes à la main, partirent à la recherche du vice-amiral. D'autres remontèrent le trésor. D'autres libérèrent les prisonniers anglais et les transbordèrent avec le trésor dans le monstre lui-même. D'autres attachèrent des cordes métalliques à la proue du galion puis ensuite à la queue du démon à la respiration bruyante dont la puanteur avait presque eu raison de l'équipage.

Et très vite, toutes les choses à forme humaine sauf seize d'entre elles retournèrent dans le monstre qui, avec nombre de souffles de fumée puante, reprit sa route avec le vaisseau de Sa Majesté impuissant en remorque.

Ainsi, en l'espace de douze heures, lorsque la terre apparut au loin avec des constructions le long du rivage, nos officiers déclarèrent que c'était la cité du Nouveau Monde de Darien, au Panama, qu'ils avaient quitté deux jours plus tôt.

Après quoi les seize démons ayant pris forme humaine ordonnèrent de jeter l'ancre et notre vice-amiral, impuissant car sous l'influence du sort qu'ils avaient jeté sur lui, obtempéra. L'énorme monstre lança un rugissement strident et s'arrêta à son tour tout près du bord.

Puis, au bout d'environ cinq minutes, la créature disparut tout à coup de notre vue. Et les seize démons à forme humaine à bord du galions s'évanouirent juste sous les yeux de nos hommes.

Cinq hommes furent aperçus en train de se débattre dans l'eau à l'endroit exact où s'était trouvé le démon... mais notre vaisseau les ignora, croyant à un autre mauvais tour du diable. L'ancre fut remontée à la hâte et le galion, aidé par des vents favorables et par la grâce de Dieu s'enfuit toutes voiles dehors. Il est évident que les mers des Indias Occidentales sont sous la coupe de Satan, et il incombe à Sa Majesté de faire envoyer de grandes flottes avec des soldats et des prêtres pour *débarrasser ces eaux et ces terres du Mal qui y rôde... »*

Abandonnons ici le manuscrit et son histoire venue de la lointaine année 1564. J'en ai conservé cependant deux autres paragraphes pour la fin de mon texte. Ils seront plus à leur place dans la conclusion que dans le prologue des événements assez extraordinaires survenus de nos jours et dont il va être maintenant question...

CHAPITRE I
Silence

La porte de la salle radio du vaisseau amiral s'ouvrit doucement, laissant entrer le commandant de la division d'escorteurs en personne.

Voyant les regards surpris des hommes et leur mouvement pour se lever, il secoua la tête et posa un doigt sur ses lèvres. Son regard parcourut rapidement la petite pièce puis il se pencha rapidement pour attraper un seau qu'il retourna avant de s'asseoir dessus. L'espace d'un instant, il pressa ses tempes en les frottant doucement comme pour lutter contre une légère migraine ou pour apaiser une perplexité grandissante. Puis il tira d'un des poches de son uniforme blanc un radiogramme, à l'en-tête rouge, et étudia avec attention, encore et encore, les trois lignes dactylographiées en noir constituant le message qu'on lui avait envoyé la nuit précédente. Ses yeux clignèrent une fois en direction de la pendule sur la cloison de bâbord, au-dessus des téléphones. Ses lèvres remuèrent alors pour la première fois.

– Trois… heures !

Les mots étaient à peine audibles mais les coups d'œil étonnés des deux opérateurs trahirent leur vigilance, et qu'ils avaient entendu… et parfaitement compris de quoi il s'agissait…

Le commandant de la division fixa l'officier radio en train d'essayer en vain de régler la communication sans autre résultat que le bruit du manipulateur ponctuant le grésillement de l'appareil morse.

Soudain, l'officier actionna le commutateur qui coupait la transmission. Puis il agita son casque radio avec un grognement agacé.

– Rien du tout ! Biggins !

Le technicien radio de première classe sauta de son siège près des téléphones.

– Monsieur ?

– Soit je suis dingue, Biggins, soit leur radio est partie en brioche, soit ils ont coulé corps et biens. Prenez le quart… Vous connaissez le truc bien mieux que moi. Continuez à essayer. Inlassablement. Maintenant, vous savez où est le problème. Et il va falloir qu'on trouve quelque chose avant que le vieux s'énerve pour de bon avec…

Quelque chose dans le regard de Biggins le fit se retourner. À la vue du commandant, il s'arrêta net, les yeux écarquillés et la bouche ouverte.

– Commandant, je…

Celui-ci leva la main avec un sourire et désigna l'appareil d'un coup de menton.

– Toujours rien, Gordon ?

Le lieutenant Gordon secoua la tête.

– Pas le moindre mot, commandant. Pas le moindre mot… Je n'y comprends rien. Ils étaient en parfait état de marche quand ils se sont éteints. Les essais ont été tous OK. Et puis ce message est arrivé…

– Je sais, dit le commandant. Réglés au mieux… Paré pour un nouvel essai ?

S'ensuivit un bref silence brisé seulement par le sifflement de l'étincelle morse lorsque Biggins renvoya l'appel.

– Vous êtes bien sûr que cet appareil fonctionne correctement ? fit le commandant en s'éclaircissant la voix.

Le lieutenant Gordon acquiesça avec énergie.

– Absolument, monsieur. Je l'ai testé ce matin à onze heures. J'ai fait demander par sémaphore à l'Apache de se brancher et on a échangé en morse et en clair pendant dix minutes. On est bons, commandant, ça j'en suis sûr ! C'est cette autre… chose. Cette…

– L'Apache est très près de nous. Votre portée, elle est de combien ?

– J'ai eu Guantanamo en morse à onze heures trente. Je sais qu'on est bons, monsieur, insista le lieutenant.

– Peut-être vaudrait-il mieux laisser un des autres navires essayer de les avoir…

– Je l'ai fait, monsieur, dit Gordon en écartant les mains. Entre midi et deux heures de l'après-midi.

Quatre qui ont tenté le coup par quart d'une demi-heure chacun. Aucun n'a put capter quoi que ce soit, monsieur. Et depuis, je suis resté moi-même sans interruption devant ma radio. Et toujours rien ! Il est maintenant trois heures et quart…

– On les attendait à huit heures ce matin, réfléchit alors le commandant à haute voix tout en jetant un regard rapide à l'horloge. Et il est maintenant trois heures seize. Sept heures qu'ils auraient du avoir jeté l'ancre. Et rien d'autre que le silence depuis hier soir neuf heures !

Ses yeux noirs trouvèrent lentement ceux de Gordon.

– Quand ils ont envoyé ce message, eur position les mettait au plus à cent-soixante milles plein est. Cent-soixante milles —à quinze nœuds— donc dix heures de route. Ils auraient du jeter l'ancre avant huit heures ce matin…

Gordon lui jeta un regard empreint de sympathie. L'affaire avait été programmée sur ordre ministériel. Ce qui s'était produit n'était en aucune façon la faute du commandant. Mais ça n'empêchait pas celui-ci d'en avoir la responsabilité.

– Ce… ce message… fit Gordon en désignant du menton le radiogramme, il dit pourtant que l'expérience à été un succès, non ?

Le commandant hocha la tête.

– Le Cheyenne et le Hopi sont rentrés à deux heures. Rien de leur côté, monsieur ? Ils n'ont rien trouvé ?

– Rien, Gordon.

L'officier radio pivota vers Biggins, qui avait

repris son écoute, la tête penché de côté, une main sur le sélecteur de fréquences, l'autre tenant un crayon prêt à courir sur son carnet.

– Alors, Biggins ?

L'opérateur releva un de ses écouteurs.

– Vous dites, monsieur ?

– Avez-vous capté quelque chose ?

– Rien, monsieur. C'est juste comme une sorte de… de silence total, monsieur.

CHAPITRE II
Une radio révolutionnaire

Lorsque le professeur Antonio Callieri était venu présenter sa découverte au Département de la Marine des États-Unis, on s'était contenté de l'écouter patiemment. Mais quand il s'était retrouvé poussé vers la porte de sortie, il en avait eu le cœur lourd car il avait totalement échoué dans sa mission.

Il était parfaitement conscient de l'effet à grande échelle que provoquerait sa découverte sur les communications radio. Il était aussi conscient de la valeur inestimable qu'elle aurait pour n'importe quelle puissance de la planète entre les mains de laquelle pourrait tomber son secret. Mais c'est à l'Amérique, cette Amérique qui avait tant fait pour la paix internationale, qu'il avait sincèrement souhaité confier son secret. Et voici que celle-ci le refusait !

Il se jura cependant de ne pas laisser tomber.

Il reviendrait à la charge et dans ce but, il allait lui falloir trouver quelqu'un en qui la marine des États-Unis avait confiance pour l'aider...

Le professeur Callieri finit par trouver l'homme en question. Et par l'intermédiaire de ce personnage ouvert et influent, la marine entra en possession du secret de ce qui allait être connu ensuite comme l'Onde Froide de Callieri.

Du secret lui-même, il n'y a que peu à dire ici sauf que c'est par lui que l'étrange lien entre des évènements du passé et certains autres du présent se fit soudain jour dans mon esprit avec la clarté de l'eau de roche.

Je me contenterai de dire que par le passage d'une onde électrique normale dans un appareillage inédit en forme de tube, il était devenu possible d'envoyer dans l'éther un nouveau genre d'impulsion électrique ne pouvant être capturée par aucun autre appareil autre que ceux auxquels avaient été incorporé le Détecteur Callieri. Ce système rendait obsolète le processus de codage et de décodage des messages en temps de guerre. Les messages pourraient donc être transmis de manière ordinaire, sans que des oreilles étrangères ne puissent ne serait-ce que détecter leur existence, et sans que l'ennemi soit au courant de quoi que ce soit.

On installa donc un émetteur-récepteur sur un destroyer et un autre destroyer reçut, lui, uniquement le détecteur.

Les Caraïbes, côté Isthme de Panama, furent choisies comme zone pour l'expérience qui devait se dérouler le plus naturellement possible pour éviter d'attirer l'attention. Le destroyer Shoshone, dont la salle des radios avait été connectée avec l'appareillage complet, devait juste passer deux jours en mer pour l'essai. Quant au destroyer Osage, qui transportait le Détecteur Callieri, il avait pour simple mission de rester au mouillage en face du port de Colón. Le Shoshone devait émettre et l'Osage recevoir. Si, à n'importe quel moment durant cet essai, l'Osage éprouvait le besoin de communiquer, il suffirait de couper un contact électrique pour repasser sur la radio standard.

Ainsi fut-il fait.

À huit heures du matin, le 6 mars, le Shoshone prit la mer, complètement équipé. La météo du jour était calme, il ne faisait pas plus chaud que d'habitude sous les tropiques, la mer était d'huile et brillait comme une feuille de métal sous les rayons obliques du soleil montant. La station météorologique du canal annonçait des conditions idéales sans grands changements de température. Un jour parfait pour mener l'expérience, donc.

Tout se déroula comme l'avait prédit le professeur Callieri. Le Shoshone émit sans discontinuer, alternant le type d'onde standard avec le nouveau. L'Osage, de son côté, reçut tous les messages envoyés. Quant à l'Apache, mouillé à trois cents mètres de l'Osage, lui ne capta que les messages envoyés par la radio normale. Entre eux, il n'y avait que des blancs. Pas le moindre son. Rien à utiliser. Juste des blancs de silence radio absolu, alors que l'Osage, lui captait tout, le Détecteur Callieri permettant de combler les blancs en question…

Un succès complet.

À huit heures ce matin-là, le Shoshone envoya sa position au commandant de la division d'escorteurs. Et, à neuf heures, il expédia un autres message avertissant celui-ci qu'il serait de retour vers huit heures le lendemain matin.

À partir de maintenant, je préfère que ce soit un témoin direct des événements qui prenne le relai de la narration.

Le lieutenant Graham Hardwick, membre du corps médical de l'US Navy et embarqué sur le Shoshone en temps que médecin de la division, me raconta toute l'histoire et eut l'amabilité de la répéter, en ma présence, de manière à ce qu'un cadet sténographe puisse en taper un verbatim.

Voici donc maintenant, avec juste de petites modifications, sa relation des événements extraordinaires qui suivirent l'envoi du fameux message au commandant de la division d'escorteurs. En la lisant, remettez-vous en mémoire le récit de Francisco Verdugo de Coloma rédigé en l'an 1564. Pour moi, le lien entre eux est impossible à nier.

Passez à ce qui suit et voyez si vous ne finirez pas par y croire, vous aussi…

CHAPITRE III
Soleil de terreur

L'expérience avait été un succès.

J'eus moi-même le plaisir d'être le premier à serrer la main du professeur Callieri pour le féliciter et j'eus un frisson en découvrant à quel point il tremblait d'émotion. Il était tellement content ! Ses travaux avaient été bien accueillis et son essai entièrement approuvé. Et son pays d'adoption allait être plus riche et plus puissant grâce à son cerveau et à ses efforts. J'eus presque les larmes aux yeux quand je remarquai que ses cils étaient mouillés par les siennes. Ce jour promettait d'être un des plus importants de notre histoire navale.

À neuf heures de soir ce jour-là toutes les données avaient été compilées, et toutes les signatures apposées sur le document.

Notre commandant envoya un message radio au commandant de la division d'escorteurs pour l'avertir que le Shoshone arriverait à Colón vers huit heures le lendemain matin, puis la vitesse normale s'afficha sur le transmetteur d'ordres de la machine. Nous virâmes de bord presque plein ouest et fîmes rapidement nos quinze nœuds. La mer était lisse, le crépuscule clair, même en l'absence de lune, et la température tropicale proche de trente degrés. La journée avait été idéale pour mener à bien ce que nous avions à faire, sans la moindre excentricité atmosphérique pour s'en mêler.

C'est à ce moment-là que le professeur demanda la permission de retourner à la salle radio pour tenter une expérience qu'il avait depuis longtemps en tête, mais qu'il avait du repousser faute d'avoir pu bénéficier jusque-là du puissant équipement installé sur le destroyer.

Aujourd'hui, j'ai une idée de ce qu'il avait alors en vue et, sans être un expert en radio, je peux quand même révéler que la chose impliquait la conjonction de son type d'ondes avec celles du dispositif habituel, de telle manière que toutes les autres ondes radio ordinaires se retrouvent neutralisées dans l'éther. Le bénéfice à en tirer était facile à comprendre : nous pourrions alors envoyer nos propres messages secrets en temps de guerre ou de paix puis interdire le passage dans l'atmosphère de toutes les émissions étrangères.

Mais le point principal sur lequel je veux insister est que cette neutralisation devait donc s'effectuer par une association de l'impulsion radio ordinaire avec l'Onde Froide de Callieri. L'*association*, vous comprenez ? Qui n'avait jamais été testée à grande échelle… C'était une expérience totalement inédite.

Le professeur reçut donc carte blanche et nous quitta. Il était neuf heures du soir passées.

Je restai sur la passerelle, appréciant un cigare avec l'officier de quart tout en discutant d'une future chasse au sanglier local que nous allions faire au sud du canal lors du prochain week-end. Nous discutions depuis environ dix minutes dans les ténèbres de la passerelle, avec le satin noir des Caraïbes s'étendant autour du navire et les diamants des étoiles juste au-dessus de nos têtes comme prêtes à être cueillies à la main quand nous nous retrouvâmes tout à coup à moitié aveuglés par une lumière éblouissante en direction de l'ouest.

Peut-être trouverez vous cela plutôt banal. Aveuglés par une lumière éblouissante en direction de l'ouest… Mais je vous assure que ce qui venait de surgir des ombres profondes de la nuit était pour nous tout sauf banal … !

La mer passa d'un coup du noir le plus sombre à la lumière chatoyante du jour, et les reflets acérés comme des lances de cette lumière furent une torture passagère pour nos yeux. Le gaillard d'avant du navire prit soudain vie et je pus voir les hommes dormant sur leur nattes près du canon de 102, même si un ou deux se redressaient déjà sur leur coude pour regarder ce qui se passait avec la même surprise que moi.

J'avais le souffle coupé. J'avais l'impression de m'être endormi et d'être au milieu d'un rêve étrange. À moitié ahuri, je me tournai vers les hommes qui m'entouraient.

Je sentis qu'on me secouait légèrement le bras droit et sursautai.

C'était Ronleigh, l'officier de quart, qui, lui aussi, regardait fixement autour de lui comme sous l'emprise d'un mélange d'émerveillement et de terreur. Ce n'était donc pas un rêve… C'était réel, incroyable mais bien réel…

La lumière éblouissante, c'était le soleil, le *soleil !* Ce même soleil qui s'était couché à peine trois heures plus tôt !

– Bon Dieu… laissa échapper le lieutenant Ronleigh, plus comme une prière que comme un juron. Dites-moi, Doc, me cria-t-il à l'oreille, dites-moi si je suis bien réveillé ! Dites-moi que je n'ai pas perdu la boule, que je suis vivant. Le soleil… Le *soleil* ! La lumière du jour ! Il s'est couché il n'y a pas trois heures de ça… Il y a juste un minute de ça, c'était… la nuit ! Doc !

Je ne n'avais rien à lui répondre. Le navire était agité par une vie nouvelle. Des cris montaient de tous côtés et cela courait de partout. Le commandant Williams surgit alors, le visage blême et les traits tirés. Une lueur de stupéfaction apparut dans ses yeux, une lueur que je n'aimerais jamais n'y revoir. Une stupéfaction mêlée avec le feu particulier et quasi mystique de la peur.

S'ensuivirent alors des bruits de course et de plus en plus de cris d'étonnement. Le passerelle fut envahie par nos propres officiers ainsi que ceux qui se trouvaient à bord en temps que témoins officiels de l'expérimentation de Callieri.

Personne ne prononça le moindre mot au cours des cinq minutes qui suivirent.

Au cours de ces cinq minutes, le soleil descendit lentement en direction de l'horizon ouest, vers sa dernière demeure au-delà des mers. À six heures cinq, il s'était retrouvé hors de vue et la nuit s'était refermée sur nous avec la célérité tropicale habituelle. Et là… là, à neuf heures quinze, trois heures à peine après avoir laissé s'étendre les ténèbres, ce même soleil se déplaçait à nouveau vers l'ouest. Une heure encore et il se coucherait à nouveau…

À nouveau !

Incroyable ! Et pourtant, c'était la réalité… Et

cent vingt hommes sains d'esprit était là à observer la chose avec un émerveillement mêlé de peur. J'avais l'impression que si le pont s'ouvrait soudain sous mes pieds pour me précipiter vers le centre de la Terre, mon étonnement ne pourrait pas être plus grand. Le soleil… émergeant du ciel noir pour ramener un nouveau jour. Pour redescendre et se coucher une *deuxième* fois !

Incroyable... Et c'était pourtant vrai !

Avec un juron, le commandant sauta sur les indicateurs du chadburn et tira le signal sur arrêt. Mais aucune réponse n'apparut sur les indicateurs de la machine. Il se tourna brusquement vers la vigie bâbord.

– Descendez et dites à ces types d'aller à leur poste ! Trouvez-moi l'officier mécanicien ! Et que ça saute !

Le gars fixa le visage du commandant, bouche bée, ses yeux bleus pâle écarquillés dans un regard vide. Puis, sans un bruit, il s'effondra sur le sol.

Je fus d'un bond à côté de lui.

– Il a tourné de l'œil, dis-je rapidement face à l'air sidéré du commandant. Que l'un de vous vienne me donner un coup de main à l'infirmerie. Apportez-moi de l'eau. Je vais nous le ramener à la vie…

Porter, l'officier mécanicien apparut à ce moment-là, sans son uniforme, débraillé, noir de suie et de graisse. Quelqu'un d'autre avait eu la bonne idée de l'appeler.

– Vous m'avez fait demander, commandant ?

Le commandant Williams se tourna vers lui avec toujours le même regard abasourdi. Le gars étendu à côté de moi grogna soudain et releva la tête.

– Qu'est-ce qui s'est passé avec… avec… ces trucs ? demanda-t-il en semblant tâtonner de sa main tendue.

Le commandant s'agenouilla près de lui, cessant de regarder le lieutenant Porter qui s'épongeait le front avec un bout de tissu huileux.

– Tout va bien, mon gars, dit-il. Hé, vous ! ajouta-t-il en se tournant vers l'autre vigie. Aidez-le à descendre !

L'officier de pont, soudainement réveillé, cria par-dessus la rambarde de bâbord en direction des hommes agglutinés sur le gaillard d'avant.

– Dites au responsable des quarts de se magner de trouver une autre vigie !

Sur ce, le commandant se tourna vers l'officier mécanicien. Je m'attendais à une autre tirade mais sa voix s'adoucit tout-à-coup.

– Porter, qu'est-ce qui se passe dans la salle des machines ?

Le lieutenant s'essuya les mains avec son chiffon.

– Monsieur, les hommes… ils ont vu… Enfin ils ont entendu qu'il… qu'il faisait à nouveau soleil. Et un dingue de mécano a crié que c'était le jour de la résurrection et a grimpé vers le pont. J'arrive juste d'en bas… Son regard incertain se fixa alors sur l'aiguille machine du transmetteur d'ordres. Regardez, on a bien répondu à votre signal, commandant. Les machines sont stoppées.

Le regard du commandant suivit celui de l'autre et il hocha la tête sans un mot. Puis il marcha lentement vers le transmetteur d'ordres, s'arrêta derrière la barre comme s'il n'était pas sûr de lui —et c'était bien la première fois que je voyais le commandant Williams agir ainsi— puis, en douceur, repositionna l'aiguille passerelle sur vitesse normale.

– Ronleigh !

– Monsieur ? répondit l'officier de pont, soudain en alerte.

– Avisez la salle des machines qu'elle se prépare pour une vitesse maximum sur les deux chaudières allumées.

– Oui, oui, monsieur !

Le commandant se tourna vers moi.

– Toubib, au nom du Ciel, qu'est-ce que tout ça signifie,

hein ?

Il désigna le soleil qui se couchait.

Je secouai la tête. Il regarda alors vers le sol, eut un petit toussotement puis haussa les épaules.

– Ronleigh !

L'officier de pont referma le couvercle du tube acoustique.

– Remettez le navire sur son cap. Pleine vitesse dès qu'ils seront prêts en bas.

– Oui, oui, monsieur !

Le commandant nous refit face.

– Où est Callieri ?

– Il était dans la cabine radio… quand nous… nous l'avons quitté, commandant.

– C'est un homme de science. Alors allez lui demander à quoi rime tout ça !

L'officier radio en second fut de retour en moins de dix secondes, encore plus blême et avec une lueur de consternation dans les yeux.

– Le professeur est mort, monsieur, hoqueta-t-il.

– Mort ?!

L'homme acquiesça en se frottant et en se tordant les mains, tout en jetant un regard au soleil mourant par-dessus l'épaule du commandant.

– Il est affalé en travers de la table radio, commandant. J'ai cru qu'il s'était juste évanoui comme… comme le gamin qu'on a emmené en-bas, mais je crois qu'il est mort, monsieur.

– Docteur, vous…

Mais j'avais déjà dévalé la moitié de l'échelle.

Je me penchai sur celui qui avait imaginé cette merveille en matière de radio testée ce jour —enfin maintenant le jour d'avant… ce deuxième jour— et je me trouvai en proie au doute. Antonio Callieri était étalé sur la surface plane devant l'appareillage radio, une main sur l'appareil morse et l'autre étant visiblement tombée d'un des boutons de réglage des fréquences situés juste au-dessus. Il n'y avait personne dans le local en dehors de la forme immobile.

Je la touchai. Le corps était tendu et ferme sous mes doigts. La pensée que la *rigor mortis* ne se soit pas installée en si peu de temps me traversa l'esprit. Je pris le pouls de Callieri… et laissai échapper un soupir de soulagement.

L'inventeur n'était pas mort. Mais quelque chose — un contact malheureux avec un fil dénudé, ou l'expérience en elle-même — avait provoqué la chose. Impossible pour moi de dire quoi. Ni de voir un lien entre cet accident et le défilement extraordinaire du jour.

Je l'allongeai sur une des couchettes des opérateurs radio et entrepris de le réanimer. J'éprouvai un soulagement infini en voyant se rouvrir ses yeux et ses lèvres laisser échapper un soupir.

Je dois avouer que ma joie à cet instant était telle que j'aurais pu me précipiter pour admirer ce deuxième crépuscule solaire miraculeux si c'était à cause de lui que le professeur était toujours en vie. Mais je préférai passer cinq minutes avec mon élève médecin pour lui donner mes instructions concernant les soins à donner au professeur.

Soudain un brouhaha se produisit sur le pont. Un cri éclata. Puis un autre. Ce fut vite un vrai concert.

Je sentis soudain le navire palpiter sous mes pieds, comme tremblant sous l'effet d'une vie nouvelle.

Je me penchai sur le professeur Callieri pour lui demander comment il se sentait.

– Mieux, mieux, docteur. Je… je demande qu'est-ce que c'est que cette lumière… ? C'est un autre jour, hein ? J'ai été très malade ?

Je vis sur le champ qu'il valait mieux que je ne l'informe pas tout de suite de la situation sans précédent à laquelle nous étions confrontés.

– Tout va bien, professeur... murmurai-je. Reposez-vous une bonne demi-heure et vous serez à nouveau sur pied.

C'est alors qu'éclata un nouveau cri, suivi par beaucoup d'autres.

Le navire gîta, s'inclinant sur un côté ! Que se passait-il ?

Le commandant avait pourtant dit qu'on devait repartir de l'avant.

S'ensuivit un bruit de course et le soudain son métallique d'un couvercle d'écoutille.

Puis un long cri de la sirène.

Je me précipitai hors du local radio et fonçai vers la passerelle.

Le soleil couchant était au-dessus de nous. Ce soleil —cet incroyable soleil— prenait une couleur dorée au fur et à mesure qu'il approchait de l'horizon.

Chaque homme sur la passerelle regardait fixement vers bâbord et je notai alors que l'étrave du navire virait dans cette direction.

J'empoignai le bras de l'homme le plus proche de moi.

– Vite ! Est-ce que je dois faire monter le professeur ? Sommes-nous en danger ?

L'homme leva le bras pour désigner quelque chose.

– Là-bas ! Regardez ! Par toutes les merveilles

du Ciel, qu'est-ce qui va arriver maintenant ? Regardez ça !

Je suivis la direction indiquée et me raidit une fois de plus sous l'effet de la surprise et de l'émerveillement... Quelque peu mêlés de peur, car qui aurait pu rêver qu'une telle chose puisse se produire un jour ?

CHAPITRE IV

Le tonnerre des canons

À moins d'un mile de là, se découpait une ligne de navires. Mais quels navires !

J'en comptais douze, douze navires formant une flotte. Des vaisseaux de guerre ? À coup sûr, non. De nos jours, les navires de guerre n'ont pas de voiles. Alors... des navires marchands ? Mais les navires marchands ne se déplacent pas en convoi de douze en période de paix...

Je m'approchai du commandant, usant de mes privilèges de médecin.

– Commandant, commençai-je. Qu'est-ce que...

Il braqua sur moi un regard vide et haussa les épaules.

– On va voir de quoi il retourne, dit-il d'une voix sinistre.

Je regardai à nouveau les bateaux.

La poupe haute, bien ventrus, l'étrave impressionnante ... douze vaisseaux. Quatre mâts : deux grands dominant le pont central et deux petits à l'étrave et à la poupe. Les premiers arborant des grandes voiles gonflées alors que de plus modestes surfaces de toiles arrondies s'accrochaient aux autres. Et tout cela reflétait l'or cramoisi des feux du deuxième coucher de soleil en cours…

Où avais-je bien pu voir auparavant ce genre de navires ? De *pareils* navires !

On s'en approchait à grande vitesse, le Shoshone vibrant sous l'effet de ses moteurs. Je jetai un coup d'œil aux aiguilles de la salle des machines. Vitesse maximum ! Deux chaudières en action. Cela signifiait qu'on était à près de trente nœuds ! Presque la vitesse d'une automobile.

Les vaisseaux grandirent sous nos yeux. Les détails apparurent.

Des bannières claquant au vent. Des couleurs. Du pourpre. De l'or.

Des canons émergeant d'orifices crénelés. Des canons dorés à la lumière du soleil. Des canons en cuivre… ou en bronze.

Des silhouettes en mouvement sur les ponts. Des hommes !

Le Shoshone accéléra encore. On était maintenant presque sur eux, à moins de cinq cents mètres et en suivant une course parallèle à la leur.

– Par le ciel, qu'est-ce que c'est que ce pavillon qu'ils arborent ? jura à haute voix le commandant.

Je regardai les bannières du navire le plus proche. Ces couleurs… Pourpre et or ?

Alors que j'allais ouvrir la bouche, un cri s'éleva près de moi.

– Des galions !

C'était le professeur Callieri, droit, le bras tendu et raide.

Nous nous rapprochâmes à toute vitesse de leur flanc. Tous les yeux à bord étaient maintenant fixés sur les étranges vaisseaux.

Je regardai le commandant. Ses articulations avaient blanchi tant il serrait le rebord du bastingage. Il était sans voix comme sous l'effet d'un pouvoir supérieur à sa propre volonté. Il fixait l'extraordinaire apparition avec une expression de stupéfaction totale. Un tremblement parcourut ses traits. Puis, soudain, sa voix claqua dans notre direction.

– Messieurs ! s'écria-t-il. Oui, ce sont des galions ! Une flotte de l'ancienne Espagne ! Vieille de quatre siècles ! Vous comprenez ça ? Et puis il y a ce soleil… ce soleil qui se couche devant nous pour la deuxième fois !

Une pensée me traversa l'esprit, sans que je puisse trouver les mots pour l'exprimer. Non… Il ne pouvait pas dire que… !

Mais pourtant ça devait être vrai… C'était sous nos yeux à tous ! Je n'étais pas fou. Aucun d'entre nous n'avait perdu l'esprit… !

Il y eu un mouvement sur le pont du navire le plus proche.

Puis un éclair. Un gros *boum* !

Le commandant poussa un cri.

– Dieu du ciel, il nous tirent dessus !

Il se tourna vers l'officier de pont.

– Ronleigh, Ronleigh, sonnez l'alerte générale !

Avertissez l'officier de tir. Wheelsman, à moi ! À tribord toute !

Le klaxon rauque et intermittent de l'alerte générale envahit le navire. Les servants sautèrent sur leurs canons. Les protections des hublots claquèrent en se refermant. Les munitions furent parées. L'officier de tir apparut au côté du commandant.

– Vous m'avez demandé, commandant ?

– Vos torpilles ? jeta celui-ci.

– Aucune n'est armée, monsieur. Mais…

– Préparez toutes vos torpilles ! Et armez-les ! Au plus vite, Cowling ! Les tubes sont OK ?

– Oui, commandant.

– Parfait.

Il se tourna alors vers le commandant en second qui se tenait une main posée sur un barreau de l'échelle grimpant jusqu'au poste de contrôle de tir.

– Contrôle de tir OK ?

– Oui, monsieur.

– Testez tous les circuits et faites-moi savoir quand tout sera prêt.

– À vos ordres ! On sera parés à ouvrir le feu dans deux minutes, monsieur.

– Alors, à vos postes ! rétorqua le commandant. Action !

Le commandant était redevenu lui-même.

Il était comme ça. Des anecdotes avaient toujours circulé dans le carré des officiers y compris depuis que j'avais été affecté sur le Shoshone. Il avait toujours été comme ça. En sport, à l'Académie… nerveux, angoissé même, avant le coup de pistolet. Et puis subitement il devenait le plus décontracté de l'équipe, le boxeur le plus loyal, le joueur le plus doué, le meilleur sportif du lot.

La guerre ne l'avait pas changé. Nerveux en protection de convoi, mais sitôt qu'un navire ennemi était en vue… Son destroyer avait été le seul de la flotte à décrocher trois Gold Stars. Et maintenant… Sa pâleur n'était plus qu'un souvenir, les tics avaient disparu de son visage et il avait cessé de prendre ces grandes inspirations d'air qu'un corps tremblant semble considérer comme vitales. Froid, alerte, la parole concise. Pour reprendre son expression favorite : « À son poste ».

Une nouvelle série d'éclairs surgit du galion le plus proche.

Boum !

D'autres impacts déchirèrent l'eau vers notre poupe.

Le commandant gloussa.

– Ils ne peuvent égaler notre vitesse, ces pauvres diables. Et ça vaut mieux, ajouta-t-il avec un sourire en voyant nos airs surpris. Même ces boulets pourraient percer notre mince tôle, vous comprenez… !

Il se tourna vers le timonier.

– Avancez droit sur eux. Quinze nœuds. Encore un peu plus… Là… là… Oui, comme ça… C'est bon. Monsieur Ronleigh, gardez cette trajectoire. Passez juste à l'arrière du cinquième bateau de leur ligne. Fichez-leur un peu la frousse. Je ne veux pas me servir de nos canons sans y être obligé. Mais qu'on soit prêt à faire feu.

Ce n'était décidément plus le même homme.

Comment pouvait-il s'y prendre ? J'étais moi-même toujours bien trop sous l'emprise du mystère complet de notre situation pour être en mesure d'avoir une perception normale de ce qui m'entourait. Ce premier crépuscule d'or brillant... Suivi par trois heures d'une nuit claire et sans lune. Puis un second jour qui surgit à la vitesse de l'éclair dans la nuit en question. Le soleil, le même soleil, filant bas au-dessus de l'horizon pour la seconde fois. Un nouveau jour , un jour différent. Et puis il y avait eu cette découverte...

Aurions-nous été par quelque miraculeuse opération expédiés quatre cents ans dans le passé ? Mais ça ne tenait pas debout ! De telles histoires sortaient des imaginations les plus débridées. Les imaginations d'individus pour la plupart fantasques ayant dédié leur vie aux sciences humaines, à des études les ayant poussé à rêver d'utopies passées, présentes et futures en accord avec leurs penchants intellectuels personnels. Mais repartir pour de bon dans le passé... ça c'était impossible !

Et pourtant voici que notre navire, un destroyer en acier moderne capable d'avancer à la vitesse d'un train express et de répandre la destruction autour de lui, se retrouvait en train de foncer droit entre deux galions imposants de l'Espagne impériale... ! Et dans un jour qui aurait dû être une nuit ! À quoi ceci rimait-il ?

Boum !

À nouveau l'éclair et le mugissement des canons.

Et à nouveau des fontaines d'eau soulevées dans notre sillage. Ah ! La vitesse... Comment auraient-ils pu, avec leurs grosses barges qu'ils appelaient des vaisseaux, évaluer nos trente nœuds et manœuvrer en conséquence leurs canons pour nous toucher ? Pourtant, j'appréciais le jugement du commandant qui avait décidé de filer droit vers la flotte en n'exposant guère plus que la largeur d'une étrave à son artillerie.

Nous étions presque sur le cinquième galion de la ligne. On vit alors monter un homme sur son château avant, aussi haut que la passerelle de notre destroyer. Il se tint droit derrière le bastingage ouvragé et doré. Vêtu de noir et le crâne rasé —à pas plus de cinquante mètres de nous alors que nous nous précipitions vers lui— il leva devant lui un crucifix dont l'or brilla sous les feux du soleil couchant. Nous passâmes devant lui dans un rugissement. Les hautes vagues de notre sillage frappèrent le galion qui réagit à cet assaut et se mit à tanguer. Poussant un cri si fort que nous l'entendîmes en dépit du vrombissement de nos chaudières, le prêtre tomba à la mer, la croix tendue vers le ciel et disparaissant après lui dans les vagues.

Un inconscient trouva bon à cet instant de tirer sur la commande de la sirène et la vapeur émit comme un gémissement digne d'un démon. Les hommes tombèrent à genoux sur le navire espagnol alors qu'un autre prêtre en robe noire se précipitait vers le bastingage pour lever en l'air un nouvel objet scintillant dans le soleil. Le courage de la foi !

Et puis : *Boum ! Boum !*

Un bruit jaillit au-dessus de nos têtes, suivi par le crissement d'un bois torturé. Puis le mas de misaine s'effondra sur le canon numéro trois et sur le rouf au centre du navire.

– Wow ! s'exclama le commandant dont le visage s'éclaira. Pas mal !

Je le regardai et le professeur Callieri, semblant bien remis de ce qui l'avait plongé dans l'inconscience dans le local radio quand la nuit s'était confondue avec le jour, l'empoigna par la manche.

– *Dios !* Lé équipemente de la radio est détruite ! *Capitàn*, vous ne vous battez pas ? Américains ne fuient pas, monsieur !

Le regard du commandant s'abaissa vers le petit Américain de fraîche date.

– Il nous reste trois canons à bâbord, dit-il avec un sourire. Eux en ont une vingtaine chacun. À faible distance, il ne leur faudrait pas deux minutes pour nous envoyer par le fond. Mais, de loin… Il haussa les épaules. Bon, on ne va pas leur faire ça. Ces pauvres diables n'auraient aucune chance, aucune. On va donc se retirer et tenter de signer une trêve avec eux…

Il s'arrêta tout à coup de parler et se tourna vers l'ouest. Je suivis son regard. Comme nous tous, je pense. Le bord du soleil venait de toucher l'horizon. Notre navire filait sur l'eau et la flotte de galions, toujours en train de faire feu, reculait au loin. Un instant plus tard, les ténèbres s'installèrent, comme lors d'une éclipse soudaine.

Un canonnier apparut et salua.

– Monsieur Cowling vous informe que six torpilles sont parées à être lancées dans leurs tubes, monsieur.

Le commandant émit un petit grognement.

– Hum! Bon travail. On ne va peut-être pas s'en servir tout de suite mais dites à Mr Cowling de se tenir prêt.

– Oui, oui, monsieur !

Le gars salua et détala sur le champ.

Le commandant se tourna alors vers moi.

– Ce soleil… Un autre jour… Une autre époque… Je ne peux pas faire demi-tour pour détruire ces navires. Non ? je ne le peux pas. Ce ne serait pas du jeu. Pas fair-play !

Callieri intervint à nouveau.

– *Capitàn*, ils vous ont tiré dessus ! Ils ont a moitié détruit la radio ! Ils…

– Je sais, je sais, professeur. Mais ce sont des hommes d'une autre époque que la nôtre. Ils ne savent pas ce que nous sommes ou qui nous sommes. Ils ne connaissent pas notre puissance. Ils nous prennent probablement pour des sortes de démons. Très certainement, même. Notre fumée, et tout le reste. Nous sommes trop avantagés. Et puis…

Il regarda autour de lui avec une lueur particulière dans les yeux et qui brillait dans les ténèbres qui avaient enveloppé la passerelle.

– Qui peut le dire ? Tout ça nous est tombé

dessus en un éclair. Qui peut dire si, dans un autre éclair, nous ne reviendrons pas chez nous ? Nous ne pouvons pas détruire ces types-là. On n'est pas d'ici ! Ils sont dans leur passé... Et nous on n'y est que par accident... Non. Je vais retourner vers eux au plus vite et nous tenterons d'instaurer une trêve et d'en savoir plus. C'est passionnant, incroyablement passionnant ! Mais les détruire, ça non.

Le visage de Callieri se durcit.

– Mais, *capitàn*, ils ont à moitié démoli le mât ! À moitié empêché la radio de marcher. Ça ne suffit pas pour les attaquer ? Ils ont tiré sur le drapeau de mon pays d'adoption et...

Le commandant le stoppa net d'un geste de la main.

– Professeur, réfléchissez donc une minute. Ont-ils déjà vu auparavant ce drapeau ? Souvenez-vous, ils appartiennent au passé ! Comment on en est arrivés là, je l'ignore. Mais ils sont sûrement bien plus mystifiés par la situation que nous. Nous, on sait qui *nous* sommes. Nous savons aussi qui *ils* sont. Eux ne connaissent que leur présent, alors que nous, nous appartenons à leur avenir. Un démon. Un monstre des mers inconnues, voilà ce qu'on doit être à leurs yeux ! Vous vous souvenez-vous de ces histoires que même les marins de Christophe Colomb ont rapportées ? Des monstres... Ils vont rentrer chez eux en racontant des histoires de monstres marins à donner la chair de poule. De monstres crachant du feu et de la fumée, et qui se sont rués sur eux à la vitesse du vent en faisant se soulever des vagues géantes avec les mouvements de leur queue. Vous voyez ce que je veux dire, professeur ?

Le petit Italien acquiesça lentement. Pourtant, je n'avais aucun doute sur le fait que c'était par amour de sa terre d'adoption, le pays auquel il avait offert son grand secret en matière de radio, le but de toute sa vie, qu'il plaidait en faveur d'une vengeance contre les canons qui avaient fait feu contre nous. Mais c'était le commandant qui avait raison. On devait jouer le jeu. On était des surhommes. On était des dieux. On pouvait pardonner ou pouvait faire preuve de pitié… Car nous, nous comprenions au moins la situation, même si son origine était encore enveloppée de mystère.

Callieri tendit d'un coup la main.

– Je voudrais vous serrez la main, *comandante*, dit-il gravement.

Le commandant la prit dans la sienne, l'expression tout aussi grave.

– Oui, on va jouer le jeu… répéta-t-il doucement.

C'est alors qu'un des membres d'équipage débarqua devant moi.

– Docteur ! Le rouf… Mr Rowland… Il était dans le nid de pie pour observer les résultats de nos tirs si on ouvrait le feu. Il est plutôt gravement…

– *Quoi ?* jeta le commandant en se tournant d'un coup vers le marin.

– Oui, monsieur. C'était son poste de quart, commandant… dans le nid de pie, observateur avant. Et quand le mât a été abattu, il a été…

– Il est vraiment…

– On vient juste de le retrouver, monsieur. On avait complètement oublié qu'il était là et puis on l'a entendu gémir…

Le vieux se tourna d'un coup vers moi.

– Docteur, sortez Rowland de là ! Tirez-le d'affaire, bon Dieu !

Puis il se tourna en direction de la flotte de galions derrière nous.

– Seigneur ! Le jeune Rowland ! S'ils l'ont… Timonier ! À bâbord toute ! Et à fond les manettes !

Il se précipita pour interpeller l'officier de tir.

– Tenez-vous prêt !

– Paré à tirer, monsieur.

Le commandant Williams afficha un visage sinistre en me voyant partir en vitesse. Le jeune Rowland avec lequel il jouait aux échecs tous les soirs après le dîner venait d'être blessé… Je comprenais l'affection qu'il portait au jeune marin. Et quand le mât de misaine s'était effondré… J'avais beau être médecin du bord, je frémis à cette pensée. Rowland, c'était un peu l'âme du navire… !

Et voici le commandant soudain déterminé à engager le combat. Il avait complètement changé d'avis en quelques secondes. Avant ça, une chasse dans les règles… Mais maintenant, avec le jeune Rowland blessé… On allait leur tomber dessus, à ces fous d'un autre âge, leur faire payer ça. Leur donner une vraie leçon !

De mon côté, je me précipitai auprès du jeune marin. Je dus m'agripper fort à l'échelle descendant vers le pont car le Shoshone afficha une gîte soudaine de vingt degrés, gouvernail bloqué à fond. Le commandant revenait à la charge. Plus question de trêve désormais. On allait se battre. Se battre ! À un contre douze. Oui, se battre.

Et notre cote là-dedans ? Assez fabuleuse !

CHAPITRE V
Destruction

Le navire se stabilisa à l'instant j'arrivai auprès de Rowland. Je savais que nous devions filer droit vers la flotte de galions. Le cœur palpitant d'excitation, je me penchai sous l'assaut du vent, scrutant l'avant, tentant de percer les ténèbres. Les Espagnols étaient presque invisibles avec la soudaine tombée de la nuit.

Comme je me penchai sur mon jeune ami, un furieux crépitement parvint à mes oreilles, couvrant même le grondement des chaudières de la salle des machines. Puis il y eut l'éclat d'une lumière et, droit devant nous, le long doigt blanc du projecteur qui pénétrait tel un couteau l'obscurité nous faisant face, en quête du vaisseau qui avait terrassé le chouchou du destroyer.

De ce côté-là, pas d'os cassé... Une contusion, virant au violet sous l'aura de clarté renvoyée par l'intense lumière du haut de la passerelle, ressortait sur la tempe gauche de Rowland. Déployant mes modestes talents, j'eus la satisfaction de constater que, même si le crâne du garçon était peut-être fracturé, il n'était pas endommagé au point que la précieuse vie qui y résidait pût s'en échapper.

Je poussai un soupir de soulagement. Pourtant, la situation n'était pas sans danger. Si son état se mettait à empirer, notre navire ne disposait pas d'équipements pour pratiquer la chirurgie dans de bonnes conditions. Il nous faudrait alors atteindre le port au matin puis l'hôpital naval près de la plage afin de prodiguer les soins et un traitement appropriés...

Le silence recouvrait tout. Dans une immobilité absolue. Si seulement le vieux laissait partir ces galions fantômes pour retourner directement chez...

Une terrifiante pensée me saisit tout à coup.

Retourner ?

Où ça ?

Retourner... oui, mais à quel endroit ? Nous n'étions pas dans notre présent. Nous étions dans le passé. Comment cela ? Seul le Ciel avait une réponse à ce mystère. Au moins quatre cents ans nous sépareraient du retour. Mais une chose à faire était de...

Boum!

Le jeune homme blessé gémit, et moi avec lui.

Un tir. Puis je sursautai. Le navire n'avait pas tremblé à ce « *Boum !* » Nous n'avions pas tiré. Celui qui faisait feu, c'était cet ancien galion...

Nous emportâmes en hâte Rowland en bas, dans sa cabine, et je le soulageai autant que le permettaient nos maigres moyens. Je ne pouvais faire plus que lui bander la tête, et lui donner de quoi l'apaiser, en attendant d'atteindre le port.

Atteindre le port... Je secouai à nouveau la tête, et mes lèvres laissèrent filer un juron. Accosterions-nous à Colón ? Et si nous parvenions jusqu'à son emplacement, la ville serait-elle bien là ? Quatre cents ans... Les années ne sont pas des kilomètres ! Le temps n'accélère pas, lui...

Le temps, mystérieux, immuable, inexorable, absolu. Lui qui a débuté voici une infinité d'éons, si loin dans le passé que cela tétanise le cerveau rien que d'y songer. Lui qui se poursuivra jusque dans un avenir infini à vous brûler l'âme. Lui qui vient d'où… ? Qui va vers où… ? Dieu seul le savait ; et moi, dans mes état d'esprit et d'âme actuels, je commençais même à douter qu'il y eût un Dieu.

Le temps... le temps était *le* dieu. Le temps imposait sa volonté, et c'était par elle que nous, sur un destroyer ultra moderne, nous étions en ce moment même en train d'accélérer pour livrer bataille à une flotte de navires ayant pourtant sombré dans l'oubli quatre cents ans avant que notre propre vaisseau passât du chantier naval à la mer.

Boum !

Rowland était tombé sous l'emprise de l'opiacé, et je le laissai sous la garde de son serviteur philippin pour descendre en chancelant la coursive menant au carré des officiers, désormais d'un bleu spectral sous l'effet des éclairages de combat fixés près du pont. J'eus un frisson. Des spectres. Des galions. Et le soleil qui allait émerger de la nuit noire.

À l'instant où je posai le pied sur le pont et me

tournai vers l'échelle menant à la passerelle, le Shoshone donna à nouveau de la bande. Je montai en hâte. Nous virions de nouveau à tribord. Un grand galion aux voiles écarlates, apparut tel un spectre ensanglanté dans l'aveuglante colonne blanche du projecteur avant. S'ensuivit une série d'éclairs le long de ses flancs ventrus ; des détonations sourdes puis le sifflement lourd de leurs projectiles décrivant de lents arcs de cercle dans les airs.

Le galion était presque sur notre travers quand le commandant, qui s'était campé près d'un des appareils à bâbord, pencha soudain la tête vers le tube acoustique.

– Lancez !

Une petite secousse se fit sentir sous nos pieds, suivie d'un léger toussotement.

Je fus saisis d'un étrange tremblement en contemplant l'infortuné guerrier de la vieille Espagne ; né d'un mélange d'espoir et d'horreur. Puis, à la pensée du jeune Rowland en train souffrir en bas, je me ressaisis.

Nous étions à moins de cinq cents mètres, par le travers, de l'apparition du passé aux voiles écarlates. Une minute environ s'écoula avant que le choc de l'explosion nous parvienne à travers la fine structure du Shoshone.

Puis l'étrange tableau offert par le projecteur s'effondra soudain sur lui-même. Les grands mats vacillèrent, les ponts se soulevèrent, des fragments brisés s'envolèrent à la rencontre de la toile qui s'abattait. Un grand grondement étouffé...

un frémissement du pont... le silence. Et quand le projecteur se posa à nouveau là où s'était trouvé le galion... eh bien, il n'y avait plus rien, sinon la houle marine.

– Au suivant !

L'ordre du commandant. Froid. Inexorable.

Le doigt blanc du projecteur glissa d'avant en arrière, s'attardant de temps à autre quand les techniciens aux manettes pensaient avoir localisé un autre élément de la flotte condamnée alors qu'ils balayaient la mer en longs sillons parallèles à l'horizon. Puis le faisceau s'immobilisa. Se déplaça un brin à droite.

Et une autre image se dessina soudain dans la lumière.

Le gouvernail fut manœuvré à droite quinze. Peu après, barre à zéro ; pour nous présenter ensuite par le travers devant le second galion de la flotte. La foudre et le tonnerre des anciens canons se déchaînèrent à nouveau, et le commandant poussa un juron.

– S'ils nous touchent ! Ah, s'ils nous touchent ! Par le Ciel, messieurs... Salut, toubib ! Comment va le garçon ?

L'œil rivé au télescope de visée, il tendit une main pour agripper ma manche.

– Aussi bien qu'on pouvait s'y attendre, commandant. Mais, il y a un risque de fracture du crâne bénigne. Il se repose en bas.

Le vieux poussa un terrible juron.

– C'est pour ça... pour ça que je le fais ! C'est

infernal. Inéquitable. Mais ils n'ont qu'à s'en prendre à eux-mêmes ! Nous aurions été des amis. On aurait fait des recherches. Pour l'Histoire. Des photographies. Ça aurait été fabuleux ! Mais... Rowland... Rowland, ça non !

À nouveau, il se pencha vers le tube de communication.

– Lancez !

Une autre secousse sous nos pieds, un autre toussotement étouffé.

Une minute plus tard nous parvint une deuxième détonation. Les voiles écarlates du second galion se replièrent sur lui tel un suaire, et comme si une main de géant l'avait cueilli par la quille il sombra dans la mer.

– Au suivant !

Les mots implacables du commandant avaient claqué, clairs et vindicatifs.

C'était affreux ! J'eus envie de protester. Ce type de guerre n'était pas honorable. C'était un meurtre. Et pourtant c'était eux qui avaient tiré sur nous les premiers ! Ils avaient failli tuer un des nôtres. Ils faisaient encore feu en cet instant même, visant, je suppose, la source de la flamboyante colonne de lumière. Mais les pauvres diables ne savaient guère ce qu'ils affrontaient !

Sans doute, comme l'avait dit le vieux, nous prenaient-ils pour de maléfiques démons des mers. Ce projecteur... je me demandais ce qu'ils en pensaient. Un œil géant, au regard inquisiteur. L'œil d'un monstre nourri par les flammes de ses propres entrailles. Les flammes de l'enfer même.

Pour eux, c'était épouvantable... Terrifiant ! De quoi brûler l'âme ! Pire que la mort ! Les yeux d'un plus horrible Satan que celui des enfers. Et les courageux prêtres, s'efforçant de nous tenir à distance. Quelle pitié...

Et pourtant... Il y avait Rowland !

Épouvantable situation... Et si, pour quelque raison, nous ne pouvions, nous ne retournions pas à notre époque, à notre siècle, nos vies dépendraient alors de notre maîtrise des mers. Prendre ce que nous pourrions, toucher terre quelque part —n'importe où— tout cela tant que le carburant durerait... Puis se résoudre à vivre comme les gens de ce temps.

Vraiment comme ils vivaient ?

Ne passerions-nous pas plutôt pour des surhommes, même en ce seizième siècle ? Mais ensuite ? Que finirait-il par arriver aux surhommes, hein ? Sorcellerie. Bûchers... À moins de se rallier au clergé local et là... Sorcellerie, Inquisition et flammes du bûcher... !

Ou bien les surhommes deviendraient-ils les alliés des rois. Qui sait ? Avec la torture ou la suprématie en ligne de mire ? Oui, qui sait ?

Trois autres galions rejoignirent en succession rapide leur ultime mouillage au fond de la mer des Caraïbes. Puis il y eut un coup manqué.

Le commandant jura à nouveau, avant de se calmer rapidement.

– Six torpilles encore. Pour sept navires...

L'officier de pont prit la parole.

– Dois-je virer de bord, monsieur ?

– Non, Ronleigh. Le commandant eut une brève toux sèche. Si le Seigneur a jugé bon de sauver ce navire, nous n'interviendrons pas. Il y en a toujours six devant nous.

Un appel du contrôle de tir.

– Un autre de repéré, commandant, fit la voix du second, d'un ton plutôt suppliant. Et si j'essayais mes canons de quatre pouces, commandant ?

– Non, non ! Il se tourna vers le timonier. Effectuez la même approche.

– À vos ordres, monsieur.

– Manson !

Le maître timonier fut d'un bond devant le commandant.

– Prenez la barre. Mous prenez la manœuvre !

Le vieux recula de quelques pas, émergeant du surplomb de la passerelle.

– Contrôle de tir !

Le visage rond du second apparut au-dessus de la rambarde supérieure.

– Monsieur ?

– Braquez ce projecteur sur le navire que nous avons manqué. Le   102 n°3 est toujours hors service ?

– Les deux télescopes brisés et barre de visée tordue, monsieur. Mieux vaut utiliser la batterie bâbord. Il y a trois canons disponibles, commandant. La voix du second se fit plus rauque. Vous allez vraiment couler ce dernier vaisseau ?

Le commandant secoua la tête.

– Ça dépend, répliqua-t-il, énigmatique. La batterie bâbord, hein ? Préparez-la.

La voix du second répondit sur le même ton.

– Ça fait deux heures qu'elle est prête, commandant...

Un sourire fugitif adoucit le visage du commandant qui avait détecté la note de protestation dans la voix de son subordonné. Et je pus sentir la déception du second que seules les torpilles étaient entrées en jeu jusque-là.

– À vos postes ! cria le vieux. Réduisez au maximum toutes les équipes et préparez une section d'abordage.

– Une *section d'abordage!* À vos ordres, monsieur !

La voix du lieutenant Wilson tremblait soudain d'impatience.

Nous l'entendîmes cracher ses ordres à l'adresse du matelot posté aux tubes acoustiques affectés aux canons, des ordres diffusés ensuite par les tubes eux-mêmes. Un homme fut envoyé auprès de l'officier de tir. On discerna des rumeurs d'acclamations puis le cliquetis de la porte en acier de l'armurerie du pont. Je vis trois hommes placer une mitrailleuse Lewis sur son support entre la passerelle et le rouf de la cambuse, prêts à balayer les ponts du navire tout proche.

Section d'abordage !

Rien d'étonnant à ce que le pacha eût appelé le timonier en chef à la barre, comme chaque fois qu'il fallait réaliser une manœuvre délicate. Il l'avait déjà posté là la dernière fois que nous avions traversé le canal de Panama, il y a trois semaines de cela... Ou était-ce dans quatre cents ans ? Par les Cieux, quel mystère ! Quatre cents ans ! Comment ? Pourquoi ?

Un appel parvint d'en haut.

– En position, monsieur. Tirons-nous une fois parvenus à portée, commandant ?

Le second brûlait d'utiliser ses armes. Sa voix le trahissait à nouveau.

Le commandant secoua la tête.

– Allumez le projecteur arrière. Tirez une demi-douzaine d'obus éclairants. Qu'on leur colle une vraie bonne frousse ! S'ils ne tirent pas, Mr. Wilson, tenez-vous prêt à aborder.

– À vos ordres, monsieur.

La détonation sèche du canon anti-aérien juste à l'avant de la passerelle résonna alors. Il y eut bientôt une explosion sourde dans le lointain, et une lueur blanche aveuglante emplit le ciel juste au-dessus du dernier galion.

Boum !

Les vieux canons avaient répondu.

– Bonne portée pour l'anti-aérien ! cria le commandant. Continuez. Je ne veux pas envoyer celui-ci par le fond. Effrayez-les, injectez-leur la peur de l'enfer ! C'est ce que je veux, et ce dont ils ont besoin. Si seulement ils en étaient conscients, hein ? C'est comme cela qu'on va les avoir. C'est la clef. C'est la clef ! Continuez. Maintenant, éteignez les deux projecteurs. Allumez-les de nouveau ! Éteignez-les encore. C'est ça... Clignons des yeux, bon sang. Que clignent les yeux du diable des mers ! Maintenant, leurs poils vont se hérisser. Encore des fusées éclairantes. Que la lumière du ciel s'abatte sur eux. Le feu du ciel !

Il s'arrêta une seconde.

– Pourquoi, au nom du fair-play, n'y ai-je pas pensé dès le début ? Continuez. Bien. Bien. Ils ont cessé de tirer... Ils ont renoncé. C'est fini pour eux, maintenant. Le démon des mers les a eus, et le ciel est avec le diable, pour une fois. Ah ! Fuyez ! Fuyez ! Ça ne vous servira à rien. Les Cieux et le diable des mers... Par les Cieux, si le jeune Rowland y passe, il sera vengé. À tribord toute, chef ! Doucement… doucement. Stabilisez. Parfait. Conserver maintenant la direction.

Le commandant s'élança vers les leviers du transmetteur salle des machines et réduisit la vitesse à un tiers. Le rugissement des chaudières poussées à fond se réduisit à un sourd bourdonnement. Silence.

– Projecteurs allumés, avant et arrière !

Le galion, à moins de trois longueurs de navire à bâbord, se dessinait sous la clarté qui suivit.

– Ronleigh !

– Monsieur !

– Au transmetteur d'ordres.

L'officier de pont, attentif, tête penchée vers le vieil homme, saisit les leviers.

– Wilson !

Le visage rond apparut à nouveau au-dessus du bastingage.

– Sécurisez temporairement la conduite de tir. Descendez et préparez le groupe d'abordage. Dix degrés à gauche, chef.

Le commandant était penché en avant, scrutant le galion dont on pouvait distinguer les membres de son équipage à genoux. Le son d'un chant solennel flotta vers nous. Puis, s'éleva un long hurlement strident des plus terrifiants, le hurlement d'un homme en proie à une peur paralysante. Une silhouette noire se dressa sur la haute poupe du galion, un crucifix luisant dans sa main tendue. Sa voix grave résonna jusqu'à nous. Il fit le signe de croix.

Quelqu'un marmonna sur notre propre passerelle et répéta le signe.

Le commandant sortit vivement son mouchoir et l'agita à l'adresse du prêtre. Ce dernier se déplaça légèrement derrière le bastingage sculpté et brandit bien haut son symbole.

– Mégaphone !

Le commandant me l'arracha des mains.

– *Amigo !* cria-t-il en le portant l'appareil à ses lèvres.

Puis, il lança une ou deux phrases en espagnol scolaire.

Une expression de stupeur se peignit sur le visage du prêtre, qui abaissa lentement son bras.

Le chant monta, plus proche, du grand navire ventru.

Le vieux cria une nouvelle fois qu'il voulait être leur ami, avant d'ajouter :

– Arrêt des deux moteurs !

Ronleigh fit décrire un arc de cercle à ses leviers et les positionna tous deux sur « Stop ». Les pulsations des moteurs cessèrent. Les chaudières se turent.

Nous glissâmes vers le galion en silence.

– *Amigo !* cria à nouveau le commandant.

Un homme aux atours resplendissants bondit aux côtés du prêtre. Le commandant agita à nouveau son mouchoir. L'Espagnol leva les bras, les paumes des mains tournées vers nous. Le commandant hocha la tête et agita une main, paume ouverte, avant de se tourner vers le chef à la barre :

– Vingt-cinq gauche !

Puis à Ronleigh :

– Arrière toute, les deux moteurs !

Le Shoshone frémit sur toute sa longueur. Le brassage des grandes pales déployant une puissance de trente mille chevaux pour faire passer le destroyer à un arrêt total revint en écho des flancs ventrus du galion. La science nautique du pacha avait toujours été des meilleures. Notre proue se retrouva contre le flanc du galion et notre poupe pivota tandis que les hélices projetaient l'eau contre le gouvernail braqué à gauche toute.

– Arrêt des deux moteurs. Section d'abordage en avant ! lança le commandant.

Un instant plus tard, armés jusqu'aux dents, nos hommes escaladèrent les flancs arrondis du grand voilier.

CHAPITRE VI
Un trésor

Je dois avouer que je n'étais pas loin derrière le second quand il bondit, haletant, automatique au poing, sur les ponts de cet antique navire.

Et le premier homme à nous faire face fut à nouveau le prêtre.

– *Amigo ! Amigo !* criai-je.

Il nous fixa puis balaya les ponts du regard. Ils étaient déserts... Pas une âme en vue. À l'évidence, l'équipage avait fui, terrorisé.

Nos hommes se dispersèrent selon le plan prévu.

Je m'approchai du prêtre, mon automatique maintenant à la main gauche. Je tendis la droite en un salut que je voulais amical. Il fit à nouveau le signe de croix et marmonna quelques mots qui me semblèrent en latin. L'imitant, bien que n'étant pas personnellement de foi catholique, je me signai. L'homme eut un regard fixe, incrédule. Je répétai le geste et, me souvenant d'une exclamation espagnole souvent entendue à Colón, je lançai :

– *Salvagame Dios !*

Et je pliai à demi le genou devant lui en prononçant ces mots.

Poussant un cri soudain, le prêtre s'avança vers moi. Je lui saisis la main et la serrai chaleureusement. Pauvre homme... ! Il fallait voir la peur qui brillait dans ses yeux sous l'éclat concentré des deux projecteurs braqués sur nous ! Faisant un nouveau signe de croix, je répétai les mêmes mots :

– *Salvagame Dios !* ... Dieu, sauve-moi !

– *Donde es el capitàn ?*

Surpris, je me retournai.

C'était notre commandant.

Le prêtre désigna la poupe d'un mouvement du menton.

– *Gracias,* remercia doucement le commandant, en s'inclinant. Accompagnez-moi, toubib.

Je m'empressai d'obéir. Il fallait voir ça... Un galion espagnol du seizième siècle — ancien, et pourtant... bel et bien du jour que nous vivions en ce moment, enfin, que nous semblions vivre à présent— Quatre cents ans ! Je secouai la tête.

Être *là !* C'était ça qui m'obsédait littéralement. Sur un galion espagnol tout équipé, en pleine Mer des Caraïbes, à deux cent cinquante kilomètres de l'isthme de Panama... et du canal. Du canal ? Sauf que... nous *devions* être au seizième siècle ! Et le canal, il faudrait attendre encore quatre siècles avant qu'on en rêve. Bonté divine ! Reviendrions-nous un jour chez nous ? Une convulsion cataclysmique du Dieu Temps identique à la première nous renverrait-elle à notre époque ? De la même manière qu'elle nous avait précipités dans celle-ci ?

Le prêtre ouvrait la marche. Nous le suivîmes à l'intérieur de la poupe.

Je me précipitai et empoignai, pour la tirer in extremis vers le bas, la main d'un officier magnifiquement vêtu et qui était sur le point de se brûler la cervelle.

– Non, non ! *Amigos !* Je pointai le doigt vers le commandant et moi-même. *Amigos !*

Le pistolet de forme singulière tomba au sol. Le fier visage castillan de l'officier s'embruma de chagrin. Il se laissa aller sur un banc près de la table ornée d'or et enfouit son visage entre ses bras. Saisi de pitié pour lui, je posai une main sur son épaule. Il se leva d'un bond, le visage empourpré.

– *Amigo,* répétai-je, désignant le commandant. *Es mi capitàn. Amigo.* Ami.

L'homme se redressa et inclina la tête.

Le pacha se lança dans un vrai discours en espagnol. Un autre officier vêtu de soie entra alors dans la cabine. Suivi par trois autres. Ils nous fixaient avec de grands yeux, écoutant les efforts du commandant pour se faire comprendre et échangeant des regards, l'air parfaitement mystifiés.

Puis, soudain, le prêtre prit la parole. Ah, ces prêtres ! Ils avaient du courage en ce temps-là...

Le commandant lui fit signe de parler moins vite. Puis lui répondit. Le prêtre acquiesça rapidement, clignant ses yeux noirs et vifs.

Le commandant se tourna vers moi, fronçant les sourcils.

– Ils veulent savoir ce que nous avons fait aux autres navires. Ils ont vu, dit-il, un éclair déchirant les ténèbres, et chaque galion coulant sous la lumière de notre projecteur, et ils ont pensé que le faisceau aveuglant était responsable. Que diable vais-je donc leur raconter ? Il faut y aller aussi doucement que possible, car le prêtre dit qu'ils sont résolus au suicide... Qu'ils ne pourraient jamais retourner en Espagne avec une telle disgrâce. Je leur dit quoi, toubib, hein ?

– Mais, la vérité, commandant. Que nous sommes des hommes du futur, venus leur apporter un aperçu des choses à venir, et...

– Bien, bien ! m'interrompit-il.

Se tournant vers les Espagnols, il s'exprima à nouveau dans sa version moderne de leur langue. J'observais leurs visages à la lueur de la vive clarté qui pénétrait par les grands hublots en forme de fenêtres faisant face à notre propre navire. Leur chagrin se dissipa graduellement, les profondes rides de honte s'adoucirent sur leurs fronts. Pour être remplacés par une expression de stupeur, un air de désarroi. Ils échangèrent des regards, comme s'ils ne parvenaient à en croire leurs oreilles Pouvais-je les en blâmer ? Puis le prêtre interrompit le pacha avec une question posée doucement.

Le commandant réfléchit un moment, puis se tourna à nouveau vers moi.

– Celui que vous avez empêché de se brûler la cervelle est le vice-amiral de cette flotte. Les autres sont les officiers du navire, plus un ou deux membres de son état-major. Ils affirment tous avec fermeté qu'ils ne peuvent plus retourner en Espagne. Et ils demandent si nous les emmènerons avec nous.

C'était une question délicate.

Les emmener avec nous !

Dans l'avenir ? C'était leur seule échappatoire.

Ou bien... Une nouvelle idée me vint à l'esprit.

Nous étions supposés être quelque part au seizième siècle ? Maintenant... c'était l'occasion ou jamais de s'en assurer.

– Demandez-leur en quelle l'année sommes-nous, commandant.

La réponse vint immédiatement.

– Quinze cent soixante-quatre. Seigneur Dieu ! Et nous y sommes !

Le visage même du commandant afficha pour le coup sa stupeur, cachée jusque-là.

Il saisit le bras du prêtre.

– *Es verdad ?* La vérité ? *Verdad ?*

L'homme en robe noire afficha un regard fixe. Un des officiers s'approcha d'une sorte de placard construit contre la cloison et en ramena un livre grossièrement relié qui aurait empli d'extase un collectionneur de notre époque. Il l'ouvrit devant le prêtre et prononça une phrase ou deux. Rapidement, le prêtre tourna les pages et nous tendit l'ouvrage.

Le commandant le lui prit des mains.

– Le journal de bord, s'exclama-t-il. Bon sang !

Le prêtre pointa un maigre doigt blanc sur la page.

Et, en chiffres arabe, je lus la date du dernier ajout :

3 de anero de 1564

Les yeux du commandant croisèrent les miens.

Sans un mot, il rendit le livre, hochant la tête, puis, soudain, s'assit sur le banc.

Le prêtre s'approcha rapidement de lui, posant une main sur son épaule. Et le commandant, sous nos regards étonnés, leva le bras pour la prendre dans la sienne.

Des voix s'élevèrent à l'extérieur.

Le second entra, nous regardant étrangement. Je désignai l'homme que j'avais vu en premier.

– Le vice-amiral, dis-je.

Wilson me regarda, surpris, puis s'inclina, le visage grave. Soudain, me souvenant qu'un vice-amiral est un important officier de marine quelle que soit l'époque, je me raidis au garde-à-vous et saluai. Le visage de l'Espagnol se raffermit. Il rendit le salut.

– Commandant, poursuivis-je, rompant le silence gêné qui s'ensuivit, si grave que cela paraisse, nous sommes vraiment retournés en 1564. Dans ce cas, quelque chose va peut-être nous renvoyer à notre époque. Ces hommes disent de leur côté qu'ils ne peuvent rentrer chez eux et veulent que nous les emmenions ailleurs. Pourquoi ne pas les prendre en remorque et les ramener à Colón ? Pensez à ce que ça signifierait pour notre époque, et pour les historiens, de les avoir comme...

Le second m'interrompit:

– Attendez une minute, doc ! Commandant, je suis venu vous dire qu'il y a des prisonniers anglais à bord de ce navire.

– Quoi ?

Wilson hocha la tête.

– Oui, monsieur. Nos hommes les ont trouvés, qui pourrissaient enchaînés dans le noir, à fond de cale, à l'avant du galion. Des Anglais.

Les yeux du pacha clignèrent, menaçants. Je me demandai si, en cet instant, il n'était pas en train de penser au jeune Rowland.

– Des Anglais, par le Ciel ! Il se tut quelques secondes. Vous les rameniez pour un brin d'Inquisition, hein ?

Son poing s'abattit violemment sur la table.

– Voilà qui règle la question ! Nous avons fait ce qu'il fallait ! Fixez un câble de remorquage et nous ramènerons le navire au canal. Affectez un groupe de quinze hommes et un officier ici pour prendre le commandement. Nous conduirons les Anglais à bord du Shoshone. Voilà qui est réglé. Autre chose ?

Car le lieutenant Wilson ne faisait pas mine de s'en aller.

– Le professeur est monté à bord pour fouiner, commandant. Il est juste dehors, il veut vous parler, mais je l'ai intercepté, ne sachant pas ce qui se passait ici.

– Faites-le entrer.

Le second s'en alla pour exécuter les ordres. Callieri apparut. Il ne conservait aucune trace de son récent malaise, et ses yeux pétillaient d'une excitation nouvelle.

Il s'inclina devant tous les occupants de la pièce, et son regard s'attarda sur les draperies en soie de la cabine, et le riche décor d'assiettes et tapisseries.

Il se glissa ensuite auprès du commandant.

– Chacun de nous vaut un million de dollars ! Chacun de nous, *comandante*, chuchota-t-il doucement, croisant le regard du commandant Williams avec un clin d'œil rusé. J'ai parlé en espagnol à un des marins de ce vaisseau, et c'est le navire qui transportait le plus gros trésor !

Un trésor !

Les yeux du commandant croisèrent à nouveau les miens.

Baissant le regard vers le professeur, il secoua lentement la tête avec un sourire.

– Nous ramenons ce vaisseau à Colón, Professeur Callieri. Les autorités décideront de la suite à donner concernant ce trésor. Et mon opinion est que les prisonniers anglais à bord ont davantage de droits que nous là-dessus. Fichtrement probable qu'on le leur a pris en premier lieu...

Il fit signe au petit homme de s'écarter et pivota vers les Espagnols, les gratifiant d'une violente tirade.

Peu après, le prêtre lui répondit, puis tous s'inclinèrent et nous quittâmes les lieux.

Un détachement de cinq hommes fut envoyé dans la cabine pour surveiller les officiers et éviter toute tentative de ce que nous redoutions le plus... le suicide.

Tous les marins du galion avaient été conduits sur le pont et alignés sur le pont intermédiaire, désarmés, désespérés, et des plus pathétiques dans leur état de peur abjecte. Ils étaient placés sous la responsabilité du bosco, qui avait fait venir du Shoshone un dictionnaire d'espagnol. Avec l'aide du quartier-maître, il tournait rapidement les pages en quête de mots suffisamment clairs pour l'aider à dire quelque chose.

Aussi étrange que cela puisse paraître en d'aussi graves circonstances, on pouvait voir de l'humour dans cette situation...

Le bosco était si solennel dans ses efforts pour faire jaillir la compréhension... Son front était plissé sous l'effet de la perplexité. Sa grosse main cachait presque le bout de crayon avec lequel il tentait de former une phrase entière sur une enveloppe posée sur la page du dictionnaire. Et ses yeux roulèrent de manière comique quand il lut le résultat de son effort à l'assemblée de marins espagnols. Incompréhensible pour eux, bien sûr...

Mais le bosco ne parvint pas vraiment à comprendre leurs regards vides lorsqu'il eut terminé. Il s'emporta alors, dénonçant en termes atroces cette race de misérables hommes des cavernes qui ne pouvaient même pas comprendre leur propre langue. Il fulmina... en un anglais vigoureux et futuriste. Les Espagnols firent le signe de croix, et l'un tomba sur le pont et resta prostré.

Je fus pris à ce moment-là d'une réaction je suppose quasi-hystérique. Je me tenais derrière le grand mât, sans doute le visage empourpré, pris d'un fou rire du plus strident soprano et que je ne pouvais contrôler.

Puis j'entendis une exclamation dans un anglais

singulier, suivi d'un bref gloussement, une faible tentative de rire qui, je ne sais trop pourquoi, me donna un frisson dans le dos. Me retournant, je découvris cinq individus mal rasés et en loques, assis, affaiblis, contre le bastingage bâbord.

Les prisonniers anglais que nous avions miraculeusement délivrés des tortures et de la mort qui leur étaient à coup sûr réservées !

Dégrisé en un instant, je m'avançai vers eux en leur tendant la main.

– Je me réjouis que nous soyons arrivés à temps pour vous, dis-je.

Le plus grand d'entre eux, un homme qui avait dû posséder une extraordinaire puissance physique avant que les privations de sa captivité eussent flétri son corps, me saisit la main et la serra à la manière anglaise.

– Dieu ou démon, s'écria-t-il d'une voix rauque, nous vous sommes reconnaissants !

– Nous ne sommes ni des dieux ni des démons, répliquai-je. Nous sommes tout comme vous... des hommes ! Et pourquoi nous sommes ici, ou comment, c'est autant un mystère pour nous que notre présence ici doit l'être pour vous.

Ses yeux perçants m'observèrent tandis que je parlais. Il secoua la tête lentement.

– C'est entre les mains de Dieu, aimable messire, comme le sont toutes choses. Pour ma part, je ne puis croire que vous veniez en émissaire du malin. Mais...

Ses yeux se risquèrent en direction du destroyer vivement éclairé.

– Mais, au nom du Ciel, d'où venez-vous ?

Je tendis la main vers le Shoshone.

– Du futur... commençai-je.

Sa main saisit à nouveau la mienne dans un geste presque convulsif.

– Mais vous parlez ma langue, quoiqu'un peu étrangement. Vous êtes Anglais !

Secouant avec gravité la tête, je lui dis que nous n'étions pas de son pays, mais un peuple apparenté par le sang et la langue, résidant dans une grande contrée au nord.

– Et dans une grande guerre de notre époque, poursuivis-je, mon pays et celui qui est le vôtre, plus vieux mais encore plus puissant, étions alliés pour la cause de la démocratie.

Il ouvrit grand les yeux.

– Démocratie ? C'est un mot étrange, et qui éveille dans mon esprit certaine politique païenne des anciens Grecs. La Grèce a-t-elle donc retrouvé sa prééminence passée dans ce monde changé ? En tentant à nouveau d'élever les paysans à une position qu'ils ne peuvent tenir ?

Je secouai la tête.

– La Grèce ancienne a disparu depuis longtemps, répondis-je. Et pourtant la Grèce moderne a combattu avec nous. Notre cause n'était pas celle d'une seule nation, mon ami. Nous luttions pour la liberté et le bonheur de toute l'humanité.

Ses yeux brillèrent vers ses camarades. Puis, revenant vers moi, scrutèrent mon visage.

– Le monde est vraiment sans dessus dessous,

aimable libérateur. *Nous*, nous combattions pour la reine.

Il y avait une note hautaine dans ses paroles et son ton.

– De nos jours, fis-je en souriant, c'est le peuple qui est roi.

Son front se plissa sous l'effet de la perplexité. Il se redressa avec une arrogance qui titilla à nouveau mon sens de l'humour et ouvrit la bouche, comme avec mépris. Puis on entendit le grondement saccadé d'une soupape d'échappement du Shoshone, et ses yeux exprimèrent à nouveau une totale stupéfaction. Lentement, son regard parcourut le Shoshone puis, soudain, se fixa sur le bosco, qui tentait toujours, dictionnaire en main, d'éclairer les esprits des marins Espagnol tandis que nos projecteurs éblouissants éclairaient, eux, leurs corps comme en plein jour.

– C'est de la magie noire, et je ne comprends pas ce qui se passe. Vous venez de l'avenir, dites-vous, mais vous ne savez ni comment vous êtes arrivés, ni pourquoi. Vous dites que vous êtes d'un nouveau pays, apparenté au mien, mais que le peuple est roi. Et, combattant pour ce peuple qui est roi, vous dites lutter pour ce rêve de l'ancienne Grèce, cet outrage sournois qu'ils nommaient démocratie. Contre qui, donc, sinon un autre roi —qui ne pourrait exister si vous dites vrai— avez-vous donc pris les armes ?

Je ne pus imaginer d'autre réponse à sa question que celle qu'il comprendrait le mieux, me semblait-il.

– Nous avons combattu, l'Angleterre et nous,

contre les Puissances des Ténèbres.

Il recula d'un pas.

– Vraiment ? Alors, vous seriez alliés avec Dieu ?

J'acquiesçai et déclarai avec sincérité.

– Nous connaissons davantage Dieu qu'à votre époque. Et comprenons davantage Ses pouvoirs, en les utilisant grâce à ce plus grand savoir.

Les cinq Anglais hoquetèrent. Je me demandai si j'avais émis un blasphème. L'homme face à moi, qui semblait d'un rang supérieur à ses camarades, resta un moment le regard fixe. Puis il s'approcha de moi.

– Êtes-vous donc un prêtre ? Et tous ceux qui vous accompagnent aussi ?

– Je suis médecin, répondis-je.

Il recula à nouveau, comme si mon contact pouvait le contaminer.

– Un chirurgien ! Cessez de plaisanter. Aucun médecin n'a le savoir de Dieu ! Pourtant cet homme là —il désigna le bosco— lit un livre. Il est donc prêtre.

J'expliquai du mieux que je pus que, de nos jours, tous les hommes savaient lire, et que tous les hommes, sans être prêtres, étaient parvenus à une compréhension plus intime et vaste des pouvoirs de Dieu. Mais je ne parvins pas à le lui faire comprendre.

Peu après, quand le lieutenant Wilson m'appela à l'arrière, je m'inclinai et les abandonnai à leur perplexité.

Le commandant, semblait-il, avait, lui,

diablement hâte de s'en aller. Il avait décidé, m'informa le second, de prendre à bord du destroyer non seulement les Anglais, mais aussi le trésor que transportait le galion. Et c'était ce dernier que nos hommes, avec l'aide de quelques Espagnols qui avaient réussi à se remettre à bouger, remontaient des profondeurs pour le ranger dans la cale avant du Shoshone. Seul un modeste coffre avait été ouvert sur le pont. Autour de lui s'étaient rassemblés l'officier d'artillerie, l'ingénieur et plusieurs des hommes.

Il était rempli à ras bord d'or brut. Cowling était à genoux devant le coffre, ses mains brassant les grains grossiers de minerai comme pourrait le faire un homme tamisant du blé. Moi-même —je ne pus y résister— j'avais pris une poignée de ce lourd minerai, calculant approximativement sa valeur. Ce seul coffre aurait assuré une heureuse indépendance au tiers de notre équipage. Il fallait le voir scintiller à chaque fois les faisceaux des projecteurs s'y attardaient tandis que tout autour la petite foule se déplaçait et se penchait sur lui ! Oui, le petit professeur avait raison : nous pourrions bien valoir sous peu « un million chacun » !

– Combien de coffres y a-t-il ?

– En tout, il y en a quatorze comme celui-ci, soupira Cowling. Plus une bonne douzaine remplis de lingots d'argent.

Des millions ! Des millions !

Et ils étaient à nous, chacun de ces lingots d'argent, chacun de ces grains d'or.

Pris d'une inspiration soudaine, je lançai au

grand Anglais :

– D'où provient cet or ? De quel pays ?

Il se redressa.

– Ces maudits Espagnols peuvent mentir, mais pas moi. Les Espagnols nous ont pris cet or.

– Comment ça, à vous ? jeta le commandant qui avait sans doute eu raison pour son hypothèse. Mais alors... De quel pays provenait-il à l'origine ?

– En vérité, je ne le sais pas, répondit l'autre, avec un air hautain. Nous ne nous abaissons pas à l'extraire nous-mêmes du sol. Nous avons pris cet or... à d'autres.

Je sursautai. Il l'avait volé aux Espagnols... ! Je le fixai avec stupeur, des récits de mon enfance me revenant soudain en mémoire.

– *Vous êtes un pirate ?*

Ses yeux étincelèrent.

– Je m'en suis saisi pour ma reine.

Des corsaires ! Des flibustiers œuvrant pour une Elizabeth peu regardante. Maigre différence avec les pirates, pensai-je, tout en gardant cette idée pour moi.

Il fallut bien plus d'une demi-heure pour embarquer le tout dans la soute. Entre-temps, un câble de remorquage avaient été installé et tout était enfin prêt pour notre retour... À condition, bien sûr, que nous puissions revenir.

Les Anglais rechignèrent quelque peu à monter à bord du démon de feu que notre destroyer devait paraître à leurs yeux, mais furent finalement persuadés d'accepter notre hospitalité par le commandant. Celui-ci leur promis de leur expliquer les mystères modernes du Shoshone, en ajoutant qu'ils auraient leur part de l'or. À ces derniers mots, les corsaires semblèrent tout à coup oublier qu'ils l'avaient à l'origine capturé pour leur reine...

Peu après minuit, nous jetâmes les amarres pour démarrer au ralenti, jusqu'au moment où le câble de remorquage commença à montrer des signes de tension. Ensuite, nous passâmes à une vitesse de dix nœuds.

Nous estimions qu'au moment du dernier message envoyé au commandant d'escadre, nous nous trouvions à environ deux cent cinquante kilomètres de Colón. Poursuivre la flotte espagnole avait pu en ajouter trente de plus. Ainsi, nous devrions atteindre le port vers trois heures de l'après-midi, au lieu des huit heures du matin prévues.

Trois heures de l'après-midi, devrais-je dire, selon nos horloges de bord... Mais si —et puisse le Ciel interdire qu'une telle chose se produisît !— si nous restions encore en l'an 1564, avec la différence de trois heures par rapport au coucher du soleil, nous atteindrions alors Colón à midi.

Et une fois Colón atteint —j'avoue que j'avais déjà rêvé de quitter la mer si la fortune croisait un jour mon chemin— le trésor emmagasiné dans la soute nous reviendrait sûrement en partie. Ensuite... de l'or, et de l'argent, et une petite maison au creux des collines en arrière de la baie de là où j'habitais. Vivre à nouveau tranqillement avec mon épouse. Et avec notre enfant, lui qui faisait ses dents la dernière fois que je l'avais vu... il y avait de ça déjà un an et demi.

Que de romantisme là dedans ! Construire une maison avec de l'or de pirates. Par coffres entiers ! De l'or. De l'argent ! En ce moment même, sur notre navire, un trésor de pirate. Rien que pour nous !

CHAPITRE VII
Magie noire

Quand le jour se leva enfin, le jeune Rowland était hors de danger.

Le commandant, lui, semblait content. Pourtant, sous l'expression extérieure de gaîté, je sentais qu'il y avait autre chose, que j'avais un peu du mal à saisir. Mais, une fois à table pour le petit déjeuner en compagnie de nos invités anglais, il me sembla découvrir le problème.

Il avait des regrets pour les onze galions coulés. Des regrets que son chagrin et sa rage, suite à la blessure que les Espagnols avaient infligée à Rowland, l'aient saisi avec tant de force. Des regrets, mais aussi des questions...

J'avoue que je m'en étais également posé pas mal de mon côté tandis que je tentais de dormir pendant les heures de nuit, une fois le bateau sur la route du retour. Je pouvais voir le grand galion sous l'éclat de l'œil implacable du projecteur arrière, attaché au bout de notre câble de remorquage en acier. Je ne parvenais à comprendre comment tout cela avait pu arriver. J'avais peine à croire, allongé sur ma couchette, que la situation était véritablement ce qu'elle paraissait être. Je me levai à plusieurs reprises et, endossant une robe de chambre, montai sur le pont pour contempler à notre poupe la preuve concrète de notre aventure. Chaque fois, je sentis mon cœur battre plus fort, à nouveau. Le galion était là, toujours là... ce n'était pas un rêve. Nous, hommes du « présent », avions bien été projetés dans le passé !

C'était vrai. C'était épouvantable à contempler, difficile à accepter... mais c'était vrai. L'équipe du pont réparait notre mât avant qui avait été bel et bien abattu. Et derrière nous voguait le dernier des douze galions de la flotte que nous avions envoyée au fond de la mer...

Son trésor était dans notre cale !

Ses prisonniers Anglais prenaient à présent le petit déjeuner avec moi !

Et Colón... Colón serait bientôt devant nous. Dans quelques heures, quatre heures, quand le soleil atteindrait son zénith... Quand le soleil atteindrait son zénith ?

Je me ressaisis d'un coup. Cela signifierait que nous étions toujours sous l'influence du phénomène qui nous avait expédié dans le passé. Cela signifierait que si nous finissions par toucher terre, Colón — telle que nous la connaissions — ne serait pas au rendez-vous. Colón serait... non-existante ! Que faire alors ? Que *pourrions-nous* faire ? Combien de temps cette situation durerait-elle ?

Serions-nous alors éternellement condamnés à rester dans le passé ? Devrions-nous nous résoudre dès maintenant à reprendre le cours de notre vie en l'an 1564 et mener ensuite une existence étrange, peut-être affreusement incertaine, à l'époque de nos ancêtres... Des siècles avant la venue au monde de nos propres grands-pères ? Comment ça... ? Le battement de mon cœur se fit irrégulier alors que j'observais les Anglais qui tentaient maladroitement de manier leurs fourchettes.

Les fourchettes ! Nous vivions à une époque où la fourchette n'était pas encore utilisée. Un tout petit détail, la fourchette. Et pourtant... Quelle bêtise de ma part... !

Quant à Colón —et au canal de Panama— pas encore une réalité de l'Histoire !

Je fis faire aux Anglais le tour du navire à la vive lumière du jour. Très honnêtement, je pense qu'ils se croyaient ensorcelés. Ces regards qu'ils lançaient continuellement vers le galion dans notre sillage ! La manière craintive dont ils touchaient chaque nouveau « miracle »... en fait les plus simples mécanismes du pont !

Au petit déjeuner... les fourchettes ! Et cette surprise quasi-enfantine lorsque nous leur offrîmes du café...

– Du café ! s'exclama tout haut l'un d'eux, qui en avait goûté dans le pays des Turcs infidèles.

Les regards qu'ils échangèrent alors ! Ces démons du futur, ces diables des mers inconnues... Ils mangeaient de la nourriture et buvaient... du café !

Quelles exclamations ne poussèrent-ils pas à nous voir simplement allumer une cigarette ! Puis le plaisir qui remplaça leur consternation quand nous les persuadâmes d'en essayer chacun une. Encore. Et encore !

Et sur le pont, les tubes lance-torpille... Il nous fallut même leur montrer des clichés des torpilles. Comme ils frémirent d'horreur, avec pourtant un frisson d'enthousiasme, en nous entendant parler de leur puissance destructrice et raconter comment nous avions coulé onze des galions, avec une torpille pour chacun. Oh, oui, ils avaient entendu et senti les détonations étouffées dans leur trou noir à fond de cale. Comme ils avaient frémi un peu plus en nous entendant conter comment leur navire avait été sauvé par accident... !

– La volonté du bon Dieu ! s'exclamèrent-ils.

J'inclinai la tête. Peut-être que c'était ça, en fin de compte. Je me demandais si c'était aussi par la volonté de Dieu que nous avions été ainsi projetés dans le passé. Je m'interrogeais là-dessus. Le grand dieu... *le Temps*.

Quant aux moteurs... La peur de nos Anglais d'y toucher. Avec soin, nous leurs donnions des explications compréhensibles pour eux. En leur montrant une cafetière dans le placard du carré des officiers. En leur laissant voir le couvercle se soulever lorsque l'eau bouillait... comme dans une machine de Watt. Mais ils secouèrent la tête... Ils ne parvenaient à comprendre...

Les lumières électriques. Comme ils en furent émerveillés !

Et comme ils sursautèrent au léger choc que nous leur fîmes sentir au contact d'un allume-cigare que les gars de la chaufferie avaient bricolé dans la salle des machines. De la magie ! De la magie noire !

On aurait dit des enfants. Avant de redevenir les hommes qu'ils avaient dû être quand ils arpentaient leurs propres ponts.

C'était tous des officiers. Je me mis en tête de leur expliquer notre système d'examen pour devenir officier dans notre marine. Quoi ? Nous étions des gens du commun ? Issus de la masse ? De la paysannerie ?

Insensé !

Pourtant, et je ne pense pas que c'était pure imagination de ma part, je jure que je détectai dès lors une certaine condescendance envers nous, malgré leur crainte évidente. Les pauvres diables !

Et les petits soleils ? Qu'étaient-ils ? Dans la nuit, ils avaient révélé les galions comme en plein midi d'une lumineuse journée...

Nous leur montrâmes les projecteurs ; ils reculèrent face au crépitement sifflant quand notre électricien envoya le courant à travers les charbons. De petits soleils ! Encore de la magie noire !

J'eus un frisson en repensant à ce second coucher de soleil, la nuit précédente. Cela semblait déjà un mois, une éternité. Quatre cents ans... Quatre siècles en arrière. Le prochain coucher du soleil nous trouverait-il toujours prisonniers ce mystère ? Ou bien...

Et puis il y avait Colón. Encore une heure et nous devrions apercevoir la terre à l'est. Que diraient ces Anglais du seizième siècle de notre canal ? Mais le canal serait-il là ? Ce n'était même pas encore un rêve... Il appartenait au futur. Tout comme nous. Mais en même temps, et pour le meilleur comme pour le pire... à notre propre passé ! Avec un peu du sang, qui sait, de certains de ces Anglais coulant dans nos veines !

Quant à la boussole... Au moins, ils savaient à quoi servait une boussole. Mais quelle boussole que la nôtre pour eux !

Midi arriva sans qu'ils aient cessé de s'émerveiller. Et d'être condescendants. Et pourtant, toujours et encore la crainte, la révérence, la stupeur. Pathétique, tragique, comique... et terrible pour eux. Pareil pour nous.

Une cloche résonna sur la passerelle.

Ils regardèrent avec une stupeur muette l'officier de pont s'élançant vers le tube de communication du nid de pie.

– Terre en vue !

– Direction ?

– Droit devant, monsieur.

Le second, connaissant son métier de navigateur, hocha la tête à l'adresse du commandant. J'imaginai qu'il poussait un soupir de soulagement à cet instant précis. En tout cas ce fut ma réaction. Au moins, la terre était là où elle devait être... En apparaissant au moment attendu. La terre, enfin !

Avec ce soleil... au zénith !

Mais, selon les horloges de notre navire —restées inchangées pour s'adapter à la nouvelle condition du grand orbe blanc tout là-haut— il était trois heures de l'après-midi.

Graduellement, la terre surgit à l'est. Familière, et pourtant étrange.

Des jumelles, une longue vue. Colón n'était pas visible. Le second fit le point en utilisant les repères géographiques qui dominaient la monotonie du rivage vert.

Il tourna un visage stupéfait vers le commandant.

– Cette montagne, et celle-ci, correspondent avec nos cartes, commandant. Entre elles, aurait du se trouver Colón. Or, il n'y a rien !

Nous fixâmes du regard la terre.

Puis en nous retournant, nous vîmes le grand galion au bout de notre câble en acier.

Alors que nous étions à environ un kilomètre et demi de la plage, un signal flotta à la vergue de misaine. Un homme apparut en haut de l'étrave du galion. Des messages de sémaphore claquèrent de part et d'autre. L'homme disparut.

– Arrêt des deux moteurs ! lança le commandant.

Le rugissement des chaudières se réduisit à un bourdonnement assourdi. Les Anglais ouvrirent de grands yeux. Un mystère de plus pour eux...

L'équipe du gaillard d'avant était prête. Le bosco tenait la barre d'ancre sous la patte. Le commandant observait le galion qui dérivait. Il y eut un bruit d'éclaboussure au pied de sa proue.

– Ils ont détaché le câble de remorquage, commandant ! cria l'officier de pont.

– À vos postes, répliqua laconiquement le vieux.

On entendit un plus fort éclaboussement.

– Galion à l'ancre, monsieur.

– Parfait.

Le commandant se pencha par-dessus le haut de l'aile bâbord de la passerelle. Les Anglais regardèrent avec lui. Le Shoshone avait presque fini de courir sur son erre. L'équipe arrière glissa une lourde corde d'amarrage de chanvre dans l'orifice d'une aussière en acier, avant de laisser tourner le moteur d'ancrage.

– Ancre au fond ! cria d'en bas le sondeur.

Le commandant agita les mains en direction du gaillard d'avant.

– Allez-y !

Le bosco secoua un bon coup la barre d'ancrage et, avec un rugissement métallique qui fit trembler le navire, la chaîne jaillit et se dévida en saccades.

Pas un mot ne fut prononcé pendant les quelques instants qui suivirent.

L'officier de pont fit son rapport de midi, d'une voix mal assurée.

– Douze heures, monsieur... selon le soleil. Chronomètres remontés.

– Très bien.

Rien d'autre.

Nous restâmes tous à scruter le lointain.

L'aspect général des lieux était tel que nous l'avions vu en quittant Colón deux jours plus tôt. La plage blanche bordée de palmiers, les collines s'élevant à droite et à gauche. Les mêmes échancrures du rivage. Tout était pareil. Il ne pouvait exister aucun doute là-dessus. Et pourtant... c'était complètement différent.

Toujours le Temps !

Quatre siècles devraient encore se passer avant que nous puissions tout reconnaître et nous sentir à nouveau à l'aise. Quelqu'un suggéra que nous laissions le galion là où il était pour longer un peu la côte dans les deux sens. Personne ne lui répondit. Nous savions bien où nous étions... géographiquement parlant. Nous savions aussi où nous étions... chronologiquement parlant. Mais, nous étions, en quelque sorte, coincés entre les deux. Car le grand dieu Temps nous avait joué un horrible tour.

Un des Anglais pointa soudain le doigt.

– Darien ! La forteresse espagnole de ces mers. C'est Darien !

Ça, nous le savions. Mais ces mots n'éveillèrent aucun enthousiasme en nous. Darien... et quatre siècles plus tard, Colón. Exilés hors de notre pays, de notre civilisation, de notre temps ! Seigneur !

Soudain monta d'en bas un fracas à vous secouer le cœur et à vous déchirer les nerfs.

La seconde suivante, le soleil nous éblouissait le visage, déclinant à demi dans le ciel occidental !

Un grand cri jaillit du gaillard avant.

– Colón !

Nous ouvrîmes de grands yeux, bouleversés. C'était le changement tant attendu !

La terre devant nous... Colón ! Nous étions de retour ! Par quel merveilleux accident, nous l'ignorions. Mais le soleil, juste au-dessus de nos têtes, avait été soudain propulsé jusqu'en milieu d'après-midi, et la côte verdoyante avait fait place à la ville blanche, s'étalant devant nous.

Une autre exclamation.

– Dieu du Ciel ! Le galion… !

Je me retournai d'un coup, encore abasourdi. Pour découvrir que le galion espagnol avait disparu.

– Monsieur, il y a des hommes qui se débattent dans l'eau, là où se trouvait le galion ! lança alors un matelot d'une voix stridente, du haut de la plate-forme du contrôle de tir.

Une lueur éclaira soudain les yeux du commandant.

– Grand Dieu ! Ce doit être... être *nos hommes*. Magnez-vous ! Sauvez ces gars !

La chaloupe à moteur était prête, suspendue aux bossoirs, à trente centimètres de l'eau, la fumée de son moteur remontant jusqu'au pont. Les hommes s'y précipitèrent. L'embarcation s'éloigna.

Reprenant soudain mes esprits, je traversai la passerelle pour interpeller le commandant.

– Commandant ! Les Anglais, ils...

Il acquiesça, me regardant droit dans les yeux.

– Oui, disparus ! Sans doute en train de se débattre dans ces mêmes eaux, mais quatre siècles plus tôt ! De même que nos hommes sont maintenant ici, là où le galion était ancré.

Je le dévisageai.

Une embarcation rapide, venant de la plage, filait vers nous.

Sur ce, le Professeur Callieri émergea, essoufflé,

en haut de l'échelle.

– Ça marche ! Ça marche ! J'ai découvre quel problème, et la radio est maintenant en état. C'est elle, je pense, qui nous renvoie en l'an quinze cent soixante-quatre. La nuit précédente, je veux essayer mon onde froide encore, et j'établis le circuit à l'envers cette fois. Puis, un choc... comme ça... *un choc* ! Le docteur, il me trouve, sous le choc. La nuit dernière, il me trouve comme ça. Juste à l'instant, je descends encore, parce que le mât est de nouveau dressé, et le câble radio OK. Une nouvelle fois, j'essaie. Bang ! Paf ! Le soleil tombe, le galion il disparaît, les Anglais...

Le petit professeur leva les mains au ciel, en un geste expressif.

– Et voilà nous sommes de retour à notre époque, avec les États-Unis d'Amérique qui utilisent désormais l'Onde Froide Callieri pour toujours et à jamais. *Dios*, quelle aventure effroyable c'était !

J'avais enfin retrouvé mes esprits.

La radio ! Je n'y avais pas pensé. La radio... et la demande de Callieri, la nuit dernière, de descendre pour tenter de travailler sur une combinaison de son onde froide et d'ondes ordinaires. Voilà ce qui avait tout provoqué !

Les ondes électriques dans l'éther. La théorie de la vibration. Quelque chose avait mal tourné, comme l'avait dit le professeur. Quelque vibration singulière avait soudain saisi le navire, et nous avions été envoyés en un éclair et à la vitesse de la lumière dans le passé. La radio... la quatrième dimension... la théorie de la vibration.

Je frissonnais. Et si nous n'étions pas *revenus* ?

Je regardais autour de moi. Tout ressemblait à un rêve. Mais, au-dessus de nos têtes, il y avait le mât avant rafistolé. Et, devant nous, les hommes qui s'étaient trouvés sur le galion.

– Nous venions de jeter l'ancre, monsieur, selon le signal. Il était midi, le soleil à la méridienne. Et l'instant d'après, nous étions en train de nous débattre dans l'eau, le galion s'était évaporé et le soleil déclinant marquait le milieu d'après-midi ! C'est tout ce que je peux dire, commandant. Nous étions sur le navire espagnol, puis il a disparu et nous nous sommes retrouvés à l'eau.

L'homme épongea sur son front des gouttes qui n'étaient pas d'eau de mer salée.

– Ouh-là! Je demandais pas autre chose !

Nous étions bien d'accord. Et nous nous demandions ce qu'avaient pensé les cinq Anglais en proie à la même expérience, presque quatre siècles plus tôt. De la magie ! De la magie noire !

Callieri me saisit soudain le bras, avec un cri de ravissement.

– Le trésor... le *trésor* ! Il a dû tomber comme les Anglais, hein ? Et s'il est bien tombé, alors...

– Par le Ciel ! s'écria le commandant. Alors, il est toujours au fond des mers, juste sous notre coque !

Mais cette recherche était une autre affaire... En ce moment précis, nous étions avant tout soulagés d'être de retour chez nous !

CHAPITRE VIII

Le Grand Dieu Temps

Telle fut l'histoire que me conta le lieutenant Graham Hardwick, du Corps Médical de la Marine des États-Unis.

Elle était assez brève, mais le docteur était alors toujours en proie au choc de l'événement, et nombre de détails ont sans doute été omis par lui, qu'il aurait été intéressant de lire. Mais je n'osais l'interroger avec trop d'insistance. En effet, lui et tous les hommes du Shoshone souffrirent de ce qui semblait une singulière affection nerveuse, quelque peu similaire à l'obusite, et ce, durant une période de trois semaines après leur miraculeuse apparition, ancrés dans le port de Colón.

Ensuite, je laisse à votre imagination l'étonnement à bord du vaisseau amiral, quand un homme se précipita dans la cabine radio, où le commandant d'escadre et l'officier radio attendaient des nouvelles du Shoshone disparu.

– Commandant ! Commandant ! Il est *revenu* !

Le commandant d'escadre et les autres avaient bondi au dehors pour contempler le Shoshone, paisiblement au mouillage !

Là, au mouillage, bien qu'on ne put trouver pas âme qui vive ayant vu le navire apparaître à l'horizon, alors qu'ils étaient cent à guetter ! Au mouillage, alors que pas un homme dans ce port animé n'avait vu le navire y pénétrer !

Le second d'un navire-bananier, les yeux exorbités, rejoignit, en ramant frénétiquement dans un canot, le vaisseau amiral.

– Je regardais pile à cet endroit, commandant ! Clair comme le jour, avec le soleil qui brillait. Et il n'y avait rien. Rien du tout. Rien ! Je regardai justement là, juste comme ça, en rêvant un peu les yeux ouverts, quoi... Et la seconde d'après, eh bien, il y avait le Shoshone, au mouillage !

Je jure a priori, ce genre d'expérience ne m'enthousiasmerait guère. Et pourtant, j'aurais finalement aimé me trouver sur le Shoshone lorsqu'il avait réalisé cette brève croisière d'un jour dans le passé. Peu d'hommes l'ont fait et en ont ramené la preuve. Quels souvenirs cela ferait ! Quelle histoire à raconter ! Quelle chose prodigieuse que d'avoir vécu un jour quatre siècles plus tôt ! J'envie chacun d'entre eux.

Et cependant, en toute honnêteté, si l'occasion venait à se présenter à moi, je crois que je réfléchirais quand même à deux fois avant de la saisir...

ÉPILOGUE

C'est avec un but bien précis en tête que j'ai conservé jusque là une partie du l'ancien manuscrit, rédigé de la plume de Francisco Vedugo de Coloma et daté d'exactement de trois mois et neuf jours après le jour lu dans le journal du galion... La date que le docteur avait vue.

Rien qu'une phrase ou deux, mais des plus pertinentes. C'est un point de vue qui est offert ici

—l'idée que se faisait le rédacteur de l'histoire de l'équipage du galion qui avait survécu.

« Mais (continuait de Coloma) nous avons beaucoup entendu parler de démons marins et de monstres crachant le feu dans les Mers Occidentales. Et notre secrète conviction est que de tels récits sont souvent le produit d'une imagination enfiévrée par la peur, ou présentés comme excuse pour un désastre qui, dus à de piètres marins, ont détruit nombre de galions de Sa Majesté.

Trop de récits semblables sont rapportés et toujours, semble-t-il, quand des galions ont été perdus. En fait, s'il arrivait que certaines flottes de Sa Majesté faisant voile vers Las Indias Occidentales *y restaient un certain temps, puis revenaient intactes avec un tel récit, peut-être aurions-nous une raison d'y croire, l'histoire n'étant pas inspirée par la peur des conséquences. Mais ces continuels rapports sur des monstres de feu deviennent lassants.*

Nous souhaiterions que ces marins qui reviennent puissent, pour expliquer leurs problèmes, ramener quelque récit nouveau et inouï, sans jeter le blâme encore et toujours sur le Diable des Mers Occidentales. »

Puis-je, en conclusion, répéter une petite pensée que j'exposais au début ?

Il y a eu d'étranges incidents dans le passé. Il y a eu d'étranges événements dans le présent. Et c'est ma conviction, franche et sincère, qu'entre certains qui sont survenus dans le passé et certains de ceux qui se sont produits à notre époque, existe une relation définie et explicable.

Tel est l'argument que j'espérais mettre en lumière. Et l'histoire rapportée à ce de Coloma de l'ancienne Espagne par l'équipage d'un galion unique survivant d'une flotte, et celle du Dr. Chadwick de l'équipage d'un destroyer moderne, coïncident si bien, au détail près ; que j'en suis venu à croire en l'existence de ce lien. Et, franchement, j'espère que vous le verrez aussi clairement que moi. Nous en savons si peu sur les merveilles de ce monde qui est le nôtre. Le passé est derrière nous, le présent est ici, et l'avenir devant nous.

Qui sait, un jour peut-être le grand dieu Temps lâchera-t-il un peu de lest ? Histoire de nous permettre de fouler les trois à la fois ?

BIBLIOGRAPHIE FRANÇAISE DE PHILIP M. FISHER, Jr

– « L'étrange cas de Lemuel Jenkins » («The Strange Case of Lemuel Jenkins), *All-Story Weekly*, 26 juillet 1919), in *Wendigo* n°1, 2011.

– « La vallée aux os » (« The Vale of Bones », *Argosy*, 1ᵉʳ juin 1918), in *Wendigo* n°3, 2015.

– « Le vaisseau des hommes silencieux » (« The Ship of the Silent Men », *All-Story*, 3 janvier 1920), in *Wendigo* n°4, 2017.

– « Le démon de la Mer Océane » (« The Devil of the Western Sea », *Argosy All-Story Weekly*, 5 août 1922), in *Dérapages temporels*, L'Oeil du Sphinx / RDN Books, coll. Vintage Fiction #3, 2019.

SOMMAIRE

Un cadavre entre les sampans, nouvelles par Richard D. Nolane (policier historique)

Dépôt légal 2020